Felszámolás Kertész Imre

清算

〔匈牙利〕凯尔泰斯·伊姆雷 著　杨永前 译

人民文学出版社
PEOPLE'S LITERATURE PUBLISHING HOUSE

著作权合同登记号　图字 01-2019-5118

Kertész Imre
Felszámolás

图书在版编目(CIP)数据

清算/(匈)凯尔泰斯·伊姆雷著;杨永前译.
—北京:人民文学出版社,2019
(中经典精选)
ISBN 978-7-02-015796-9

Ⅰ.①清…　Ⅱ.①凯…　②杨…　Ⅲ.①中篇小说-小说集-匈牙利-现代　Ⅳ.①I551.45

中国版本图书馆 CIP 数据核字(2019)第 234194 号

总 策 划　**黄育海**
责任编辑　**卜艳冰　欧雪勤**
封面设计　**汪佳诗**

出版发行　**人民文学出版社**
社　　址　**北京市朝内大街 166 号**
邮政编码　**100705**
网　　址　**http://www.rw-cn.com**

印　　制　**上海利丰雅高印刷有限公司**
经　　销　**全国新华书店等**

开　　本　**889 毫米×1194 毫米　1/32**
印　　张　**6.125**
字　　数　**102 千字**
版　　次　**2020 年 6 月北京第 1 版**
印　　次　**2020 年 6 月第 1 次印刷**

书　　号　**978-7-02-015796-9**
定　　价　**48.00 元**

如有印装质量问题,请与本社图书销售中心调换。电话:010-65233595

Novella

目录

清算 .001

英国旗 .143

清 算

献给茅格蒂[1]

---

① 茅格蒂：小说作者妻子的爱称。

“那时我返回屋子，写道：午夜。雨正敲打着窗户。午夜来临之前，没有下雨。”

贝克特《马洛伊》

我们要讲述的人物，也就是这个故事的主人公名叫凯谢吕[1]。通常，我们先想象出一个人物，然后再给他想象出一个名字。或者相反：我们先想象出一个名字，然后再想象出叫这个名字的人物。不过，所有这一切都是可以忽略的，因为我们要讲述的人物，也就是这个故事的主人公在现实生活中也叫凯谢吕。

他的父亲也叫这个名字。

但是，他的爷爷也叫这个名字。

因此，大人们就把凯谢吕作为他的名字写进了他的《出生登记簿》：所以这就成了现实，对于这一点——也就是这个现实——凯谢吕如今已经不再相信了。如今——即将逝去的千年的最后几年中的一年，我们假设现在是一九九九年早春，而且是一个阳光明媚的上午——对凯谢吕来说，这个现实已经变成

① 凯谢吕：匈牙利人姓氏 Keserű的音译，意思是“苦涩的”。

了充满疑问的概念，甚至更严重：已经变成了充满疑问的状态。在这种状态中——根据凯谢吕内心最深处的感受——首先缺少的就是现实。假如真要强迫他使用这个词汇，凯谢吕总是立刻接着说："所谓的现实。"即便如此，凯谢吕也不满意，他对这个词汇的满意程度十分的有限。

如今，凯谢吕频繁地伫立窗前，俯视着街道。这条街道所展现的是布达佩斯平凡、常见的街道的最平凡、最常见的风景。在有污渍、油渍和狗屎痕迹的人行道上，停放着许多小汽车。在小汽车和风化成鳞状的房子的墙壁之间的一米宽的空隙里，最平凡、最常见的行人匆匆前行，从他们显露出敌意的神色上可以推断出，他们正在想着令他们烦恼的事情。他们中的一些人，也许是急于避开挡在他们前面的行走缓慢的纵队，于是就从人行道上走下来。这个时候，满怀憎恨的汽车喇叭声响成一片，对他们离开纵队的任何不切实际的愿望提出抗议。对面是一个广场，在那些木板尚未被撬走的长椅上，来自邻近地区的无家可归者长时间地坐着，他们的包裹、购物袋和塑料瓶就放在身边。有一个人蓄着浓密的胡子，头戴深红色的编织帽，鲜艳的帽缨子在他坚硬的毛发旁快乐地摇摆着。还有一个人，头戴破烂不堪的不存在的军队的军官帽，身穿掉了纽扣的、褪色的、沉重的棉袄，腰束一条引人注目的丝绸带子，带子上印有鲜艳的花朵，很有可能这曾经是一件女式睡袍上的配件。一双足关节突出的女人的脚从牛仔裤里露了出来，她脚上穿的是银色的、脚后跟已经磨坏了的礼服鞋；更远处，在一块狭窄、稀疏的草坪上，躺着一个无法看清楚的人，这个人蜷曲着腿，僵硬地、一动不动地躺着，就像一堆抹布一样，可能是酒精或者毒品使他倒在了那里，也有可能，他是在两者的共同作用下才倒在那里的。

在朝那些无家可归者看的时候，凯谢吕突然觉察到，他又在看无家可归者了。无疑，凯谢吕如今把太多的注意力浪费在了无家可归者身上。他能——一般来说，在无聊的时候——在窗口虚度半个小时，就像窥淫狂着了迷似的，说什么也不会放弃展现在他面前的淫秽表演。另外，在凯谢吕的心里，伴随着这种窥淫行为的是犯罪感，同时还有一种他所厌倦了的吸引力，这最终导致了一种令人作呕的焦虑和对生存的恐惧感。每当这种焦虑在他的心里形成准确无误的轮廓时，凯谢吕大约达到了他那神秘的行为的更加神秘的目的，于是他差不多是满意地离开窗口，走到桌子旁边。桌子上摆放着各种各样的用打字机打出来的手稿，它们已被翻开和铺开，就像一群死去的鸟儿一样。

凯谢吕自己也清楚，如今在这种与无家可归者形成的强迫性的关系中，可以说有某种他所不了解的、使他不安的东西。这的确折磨着他，就像疾病折磨他一样。他只需作出决定，永远不去窗口。或者，仅仅是为了给房子通风，或者出于其他的类似的目的，他才走到窗口。此后，他突然又一次发觉自己站在了窗口，并望着那些无家可归者。

凯谢吕怀疑，在他这种特别的爱好后面潜藏着某种可以诠释的意思。甚至，他觉得，如果能把这个意思诠释出来，那么他就能更好地理解他的人生，而现在他对它还说不上理解。从前，他所了解的他个人的存在是经常性的，几乎可以触摸得到，而现在他感到好像有鸿沟把他和他个人的存在隔离了开来。对于凯谢吕来说，哈姆雷特的问题不是“生存还是毁灭”，而是：我存在还是不存在？

凯谢吕差不多是心不在焉地翻开摆在桌上的用打字机打出来的手稿中的一份。这沓手稿非常厚，是一个剧本的手稿。封面上写着剧本的名字：《清算》，然后标明了体裁：“三幕喜剧”。再往下，写着：“发生于布达佩斯，1990年。”他用两个手指夹住这张纸，以便继续往后翻，但紧接着他还是被一种隐隐约约的快乐所征服，这种快乐是剧本中的场景描写带给他的：

（一家简陋的出版社的简陋的编辑室。破旧不堪的墙壁，摇摇欲坠的书柜，隔板上缺很多书，到处是灰尘，一片凌乱；尽管没有要搬家的任何迹象，但搬家前的那种临时的杂乱无章却无处不在。房间里有四张书桌，四个工作岗位。这些书桌上摆放着打字机，其中的一些上面覆盖着保护罩，书籍、手稿和卷宗堆积成山。窗户都朝着庭院。后面是一个门，门外是走廊。在远处的某个地方是上午快要结束时的阳光。在这里，在简陋的编辑部的办公室里，有简陋的人工照明。

房间里有屈尔蒂、他的妻子沙劳、奥布拉特博士。他们冷漠地围坐在一张书桌旁，像是在等候什么人似的。过一会儿，人们就会明白，这张书桌是凯谢吕的。）

凯谢吕开始产生了阅读的热情，这是一种特殊的着迷，这种着迷彻底地决定了他的人生。他喜欢剧本开场时的对白：

屈尔蒂　我憎恨。我讨厌。我想呕吐。这是房子。假如你们不知道的话，我告诉你们，这里曾经是宫殿。那些是楼梯。这是房间。这就是一切。

奥布拉特　（对着沙劳）你说，你能理解他在说什么吗？

沙　劳　他感到无聊。

奥布拉特　我也感到无聊。你也感到无聊。

沙　劳　但他的无聊是激进式的。今天这已经是他唯一的激进之处了。这是伟大的时代遗留给他的。无聊。他走到哪里，就把它带到哪里。就像带着一只生气的、毛茸茸的牧羊犬一样，偶而他会让它追逐其他人。

屈尔蒂　他们召集我们十一点钟来这里——

沙　劳（*以安慰的，几乎是恳求的声音，就像是对一个孩子说话*）谁也没有“召集”。凯谢吕请求我们把材料带到出版社。如果可能的话，是十一点钟。

屈尔蒂　都十一点半了。连一个人影也没有。这当然不会让你们苦恼了。你们坐着并忍受着，正如在这个国家，人们什么都能忍受。你们忍受着所有的欺诈、所有的谎言和所有的枪杀。好像你们已经在忍受在你们被枪杀之后将要发生的枪杀一样。

凯谢吕突然笑出了声。准确地说，他发出的是典型的、短促的声音，这声音如今对他来说就意味着笑。这声音差不多是从他的胃里发出来的，听起来更像是干哼，无论如何也不像笑。在高兴、快乐的时候，他无论如何也发不出清脆悦耳的声音。他继续翻着手稿，直到他的目光又一次停留在下面的舞台指示上：

（*凯谢吕匆匆地走进来，腋窝下面夹着厚厚的卷宗。*）

凯谢吕　你们别生气。我也是身不由己。对不起，对不起。会议延长了。

沙　劳　你看上去有些紧张。发生了什么事情?

凯谢吕　没什么特别的，只是出版社将要清算。国家将不再为破产企业提供经费。国家提供了四十年的经费，从今天开始将不再提供经费。

奥布拉特　合乎逻辑。这已经是另外一个国家了。

屈尔蒂　国家还是同一个国家。迄今，它为文学负担经费，其目的就是为了进行清算。国家对文学给予扶持，是通过国家对文学进行清算的一种隐蔽的形式。

奥布拉特（以讥讽的语气表示认同）这是具有公理性质的表述。

沙劳　那么出版社的命运将会怎样呢?将会被关闭吗?

凯谢吕　就以这种方式。（他耸了一下肩，有点儿沮丧地）但所有的一切和所有的人都将以这种方式终结。

是的，凯谢吕回想起了九年前的这个上午。他记得，他开完编辑部会议（所谓的编辑部会议）后，腋窝下面夹着厚厚的卷宗，推开了房门。屈尔蒂、沙劳和奥布拉特正在书桌旁等候他。他自己，即凯谢吕所说的话差不多和剧本里的台词一模一样。唯一的一个障碍是，当这个情节在现实生活中——几乎是按照剧本——发生时，创作这个剧本和剧本中这个情节的人，已经不在人世了。

他自杀了。

警察找到了注射针头和吗啡安瓿。

凯谢吕是那样的镇定自若，以致他能够在官方的人员到来之前，把手稿中最重要的部分抢救出去（精神恍惚的沙劳则带走了少量的书信）。

这个剧本也是在遗稿中被他找到的。整整九年前，当凯谢吕阅读这个剧本的时候，这个故事才刚刚开始，紧接着，剧本中名叫凯谢吕的人物——准确地说，和现实生活中的凯谢吕一样——是那样的镇定自若，以致他能够在官方的人员到来之前，把手稿中最重要的部分从自杀现场抢救出去。当把文学战利品转移到安全的地方并开始贪婪地阅读时，凯谢吕找到了这个剧本，并很快找到了这个情节，情节表明，他是那样的镇定自若，以致……等等。此后，情节更加紧张，不仅剧本中如此，现实生活中也是如此。因此，凯谢吕直到最后也不知道：他是该对作者——他死去的朋友——十分清晰的远见感到吃惊呢，还是该对自己，可以说是懊悔不已的决定感到吃惊，他把自己同预先写好的角色融为一体，并将其故事变为现实。

如今，九年过去了，凯谢吕对另外的事情产生了兴趣。他的故事已经结束，可他自己还在这里，这是一道难题，凯谢吕把这道难题的解决一拖再拖。或者，他应该继续他的故事，但这已经被证明是不可能的；或者，他应该开始新的故事，但这同样被证明是不可能的。无疑，凯谢吕在他的周围看见了各种各样的解决办法，有好的，也有坏的。甚至，如果让他彻底地思考一番，那么他看见的依然是各种各样的解决办法，而不是人生。剧本中名叫屈尔蒂的角色，比如现在就选择了得病这种解决办法。当凯谢吕最后一次去他那里的时候，发现他躺在床上，身边是血压计，一张小桌上摆着不同颜色和形状的药片、药盒，甚至还有一种很小的器具，屈尔蒂能用它来给自己注射药剂。沙劳冷漠地坐在厨房里。从前，这个屈尔蒂曾经是社会学家，在七八十年代，他靠一份无关紧要的工作勉强维持生存。这期间，他靠着毫不动摇的信念写出了一部大的专论《关于匈牙利的落后意识及其心理根源》。在此之前，他也曾蹲过监狱，尽管在政治警察局那时已经没有了拷打，但不幸的是，人们发现屈尔蒂还是被打了耳光，他的左耳朵因此变聋了。

凯谢吕把剧本往回翻了几页。我们又一次来到了开始时的场景，屈尔蒂、他的妻子沙劳和奥布拉特博士正在等候他，凯谢吕。奥布拉特说了什么，屈尔蒂不明白，奥布拉特大喊着重复了一遍。

沙　劳　你不必大喊，别朝他那只被打坏了的耳朵说话。

奥布拉特 （尴尬地道歉）我总是忘记！

屈尔蒂 （这期间，他开始在房间里走动，注视着书架和家具，不时取下一本书）也更好一些。太久远了，已经过去了。（他在一堆书中翻找着；好像是在说梦话）真特别，但在如今的某个时候已经过去了。突然。直接就在终点前的直道上。制度崩溃了，我没有兴致撒谎，说是我推翻的。普遍的清算正在进行着，我没有兴致去分享。我成了观众。而且，我不是从前排，而是从最高的楼座的某处观看。也许，我累了。但也有可能，我从来就不真信我所信仰的东西。这将会是更坏的一个版本。因为在那个时候，他们无缘无故就打坏了我的耳朵。今天，我已经倾向于这种假设。（他停止说话，手里拿着一本书陷入沉思）我无缘无故地坐了牢，无缘无故地带着犯罪记录，无缘无故地沉默了许多年，我不是英雄，我只是把我的生活弄得一团糟。

奥布拉特 （安慰地）在这里，每个人都把自己的生活弄得一团糟。这是这里的特色，这里的风气。在这里，谁没有把自己的生活弄得一团糟，他简直就是无能。

凯谢吕又一次发出笑声，这与其说是笑声，不如说是愤怒的呼噜声。令他遗憾的是，在这个情节中没有他自己（他记得，过一会儿他才能跨进房门，腋窝下面夹着厚厚的卷宗），这样，他就无法加入到这段对话中来。他喜欢这种风格，喜欢这种用无所不知的外表包装起来的酸楚的、苦涩的幽默，它使他想起早已消失了的他的世界；这是一种很好用的风格，是圈内人使用的语言，它保护着他们，使他们免除了失望、恐惧和深深地隐藏起来的幼稚的希望。

凯谢吕看了一眼他的手表，确认在这一天他没有其他任何事情要做。时间慢慢地就到了中午。他粗略地思考了一下，到现在为止他是如何度过这一天的，但对于这个问题，他不大能回答上来。事实是，他今天的心理活动十分活跃：他梦见了什么东西，醒来时发现阴茎勃起，在刮胡子的时候，他被一种感觉所包围，那就是今天他必须作出最终的决定，尽管应该就什么事情作出决定，他还感到茫然。除此之外，他对自己没有能力作出决定也十分的清楚。

尽管如此，凯谢吕还是有了一个想法，那就是，他应该把剧本——名叫《清算》的喜剧（或者悲剧？）——交给一家剧院上演。

他思考这个问题已经思考了九年。

其实，凯谢吕考虑另外一个问题也已经有九年了，那就是，他是否在凭着良心处置这些遗稿。

这些遗稿包罗万象：散文、笔记、部分日记和短篇小说的草稿（噢，当然还有剧本《清算》）。现在唯独缺少实质性的东西——至少凯谢吕对这一点深信不疑。

除此之外——这是凯谢吕最秘密的想法，秘密到了连他自己也对自己保密的程度——如果他能摆脱这个剧本的话，那么在一定意义上他也将能摆脱自己。也许，他也能摆脱那种不现实的压抑感，这种感觉如今已潜入他的心底，并作为一种令人不舒服的缺憾伴随着他，而且不分时间和场合，就像是消失了的影子在伴随着彼得・史勒密[①]一样。

故事是从那天上午开始的，当时凯谢吕腋窝下面夹着厚厚的卷宗，跨进了出版社的办公室——在这里，屈尔蒂、他的妻子沙劳、奥布拉特正在等候他。

这个卷宗里装着凯谢吕已经去世的朋友的一部遗稿，我们把他的朋友简称 B（或者贝，他自己喜欢如此称呼自己）。这部遗稿是以那种方式成为凯谢吕的财产的，当时凯谢吕是那样的镇定自若，以致他在官方的人员到来之前把手稿中最重要的部分……但这一点已经提过了。

---

① 德国作家阿德贝尔特・封・沙米索（1781—1838）的童话小说《彼得・史勒密奇遇记》中的主人公，他把自己的影子卖给魔鬼，换来一个可获得一切的幸福袋。

那天早上，凯谢吕腋窝下面夹着卷宗出现在编辑部会议（所谓的编辑部会议）上，作为出版社的一名文学编辑，他决定向出版社提议出版这部遗稿，并提出承担与出版有关的编辑工作（当然，他会放弃各种版税）。

然而，召集这次会议的目的，却是为了宣布一个令人悲伤的事实，这就是出版社在亏损经营，因此将不得不采取一些行政和财政手段。与会者对这一问题的剖析显得非常乏味，凯谢吕从中只听懂了一点——而且是完全地听明白了——这就是，他眼下几乎不可能提出自己的建议。

他又一次开始对他的朋友们在他开完所谓的会议之后、跨进房间之前在谈论些什么产生了兴趣。他们正在房间里等候他。

这时，奥布拉特正在解释着什么，他激动地把嗓门提得老高，这是他的习惯。在他说完话之后，是长时间的寂静。沙劳在啜泣，偶尔会拿手帕去擦已哭红了的眼睛。屈尔蒂把自己的椅子往稍远处拉了拉，孤独地坐在那里，默然不语。

奥布拉特（发现另外两个人几乎不关注他，于是迅速地结束自己要说的话）……总之，从此我就有一个想法，也许——又有谁能知道呢——他的自杀是哲学性的自杀。比如，就像陀思妥耶夫斯基笔下的一个人物。我可以假设。他的情况就是如此。

（寂静。）

奥布拉特 好吧！那我就收回我说的话。

（寂静。）

奥布拉特 我心里就是这么想的。

（寂静。）

奥布拉特 因为其他方面的情况我们一无所知。我甚至不知道，总之，准确地说他是如何……

（寂静。屈尔蒂审视着他妻子的面容，但沙劳没有说话。）

屈尔蒂 沙劳以后会讲的。

沙　劳 他服了药。

奥布拉特 这个你们已经说过了。是安眠药吗？

沙　劳 （茫然地）我不知道。当我被传唤到警察局——

奥布拉特 （惊愕地）你被传唤到了警察局？

屈尔蒂 沙劳有他的家门钥匙。

沙　劳 不是我有钥匙。是凯谢吕有钥匙。

（屈尔蒂苦笑着深深地点了一下头，好像对沙劳的话一句也不相信。）

沙　劳 你说，山多尔，如果我们离婚的话，事情不就更简单了吗？

屈尔蒂 是的。是更简单了。

沙　劳　那我们为什么不离？

屈尔蒂　为什么要离？生活在一起没有意义，离了也没有意义。更不用说，还会有许多的不方便。

嘘！——一些字母在凯谢吕的眼前闪了一下，就消失了，好像是大火把它们吞噬了一样。原来，凯谢吕也把剧本输入了计算机，这样一来，他就可以轮换着阅读，有时在屏幕上阅读，有时则阅读用打字机打出来的手稿——但他最乐意阅读的还是亲笔手稿，在B的遗稿中就有这个剧本的亲笔手稿，尽管字迹潦草，但对凯谢吕来说却很好辨认。作家给剧中的每一场都准备了人物性格的简要描述，另外还有补充笔记、创作提示、创作笔记和描写，尽管根据创作笔记写成的最终的对白，与创作笔记本身几乎没有区别，但后者却与现实（即所谓的现实），也就是与堆积在凯谢吕记忆中的模糊而混乱的情景、言语和事件是有区别的。

第一幕。只有一个场景，四个角色：凯谢吕、沙劳、屈尔蒂、奥布拉特。是什么把他们聚集在了一起？是共同的过去和他们与B的关系。这两个因素都具有偶然性。过去就像是用铁叉把命运堆积在了一起，从而使它们偶然成为一个共同体。它像一个共同的世界，人们一起保守着它并不光彩的秘密。人们还从来没有为它命名，而且也将回避为它命名。这是生命被中止后的静止的世界，容易犯罪的希望不厌其烦地玷污着它。但他们不这么看。当他们每天用尽全身力气猛推被认为是不可逾越的墙壁时，他们对于斗争只保存了模糊的记忆；直到突然间——以某种方式——抵抗消失了，他们才忽然发觉自己生活在真空之中，在最初的恍惚之中，他们错误地以为这就是自由。

从这个角度来说，与他们的哀悼完全无关，B 的自杀使他们受到沉重的打击：这个噩耗就像一个怀有恶意的和无法躲避的反驳。他们谨慎地猜测着他的死因。奥布拉特认为，他的死与哲学有关。他的极度消极的情绪、“无情地坚持到最后的”逻辑最终导致他的抑郁、自我毁灭、身体和精神的衰退。奥布拉特说，他，奥布拉特，哲学博士，在大学讲授哲学并以此为职业，与 B 相比只能算是成绩差的初学者。说真的，关于他自己，他从未断言过他是一个富有创见的思想者。他说，“如果我是那样的人，也许这些人早就把我的耳朵、我的肾或者他们习惯打的部位打坏了”。显然，他是对屈尔蒂表示敬意。他提到，几年前，他们两个人同 B 一起探讨了许多精深的哲学问题：他们一起被派往一个“创作者之家”——在那个时候，人们就是这样称呼这样的机构的。他们踏着晚秋的落叶，在茂密的法国梧桐树下，陷入逍遥学派式的沉思之中。

“我们长时间漫步在森林里。”奥布拉特陷入回忆，他就喜欢这种叙事诗般的开场白，“他解释说，永远不会再有悲剧性的人物了。也许，你们也已经听他讲过这个理论了。但在马特劳山，他的神志异常的清明。他说，完全获得新生的人，也就是幸存者，并不是悲剧人物，而是喜剧人物，因为他已经没有了命运。另一方面，他的生活充满悲剧的命运意识。这种自相矛盾（奥布拉特在说到这个词语时，音调有些做作）的话在作家本人那里，仅仅是作为文体上的问题而出现的。我必须说，这是值得注意的见解。”在说这段话时，他的脸上露出赞赏的神情。显然，在大学他也习惯以同样的方式表扬那些写得较好的论文。“幸存者在他的体系里构成了一个特殊的种类，”他接着说，“这就如同动物的一个种类。他认为，我们所有的人都是幸存者，这决定了我们变态的和发育不全的思想。奥斯威辛。之后，是我们度过的这四十年。他说，他还没有给这后一种畸形的幸存——即给这四十年——找到一个准确的答案。但他在寻找着，而且已经接近于找到答案。”

他停止了说话。强调性地停顿片刻。

“因此，我想到了哲学性的自杀。”他后来说，“也许，他作出了决定，这就是答案。”

他匆忙补充了一句：

“至少这是他的答案。”

他们不是特别赞同他的观点。

屈尔蒂：

“他活着的时候，并不像一个准备要自杀的人。在他的同类人中，他是生活艺术家。”

奥布拉特：

“生活艺术家？对于这个说法，你别生气，你得做些解释。”

屈尔蒂：

“他避免参加任何活动，从来不卷入任何事情，什么也不信，不反抗，也不失望。”

奥布拉特：

“我们还可以补充一点，他几乎居无定所，从不旅行，他没有任何雄心壮志。这一点我可能没有说错。”

屈尔蒂：

“他纯洁得就像一个老处女。”

奥布拉特：

“我更想说的是，没有一个人能够像他那样，如此风雅地度过这四十年。他翱翔时，就像……就像一只……”他欲言又止。

他本来是想说：他翱翔时，就像一只在冰灰色海洋上的雪白的军舰鸟。但他觉察到，这个比喻无论如何不可能解释得通。昨天晚上，他在睡觉前读的是《白鲸》。

很快，他们将不可避免地回到警察局的问题上。关于这方面的事情，奥布拉特一无所知。他们传唤了谁？为什么传唤？人们谈论的是什么钥匙？是B的家门钥匙。原来，凯谢吕有B的家门钥匙。啊——奥布拉特感到吃惊。他，这个精神贵族会把家门钥匙给别人？凯谢吕说，是的。他也对B的这种非同寻常的信任感到吃惊。他想让他编辑他的手稿。他把凯谢吕请到家里，并指给他看，他的手稿保存在什么地方。他给了他处理这件事情的自由：他可以根据自己的喜好挑选和浏览手稿。凯谢吕深受感动。他一直渴望做这件事情，因为他想让B多出版一些作品。他暗自希望在他的抽屉里找到一部小说。今天，遗憾的是，B的真实意图已经很清楚了：他仅仅是想料理他的遗稿。奥布拉特说，是的，这很清楚。B死后，也是他凯谢吕报的案，不是真的吗？确实如此。他们想从沙劳那里了解什么？凯谢吕说，不知道。在最开始感到无助的时候，他曾给屈尔蒂打过电话，但屈尔蒂当时不在家。这样，他就请求沙劳到B的家里来一趟。为什么？——奥布拉特感到吃惊。因为他突然感到，他一刻也不能忍受独自一人和B的尸体待在一起。在房子里，“有人看见了一个女人”：这样，沙劳后来就被传唤进去，但事情很快就澄清了。在这段谈话进行的过程中，屈尔蒂大声地翻开一份报纸，并抗议性地埋头看报，仿佛与这次谈话没有任何关系一样。那么，他们究竟想从凯谢吕那里知道什么呢？“没什么。一帮白痴。”凯谢吕说。

（凯谢吕走到舞台的另一边，那里的灯光突然亮了起来。一张书桌。书桌后面坐着探长。）

探　长　您在下午四点钟左右报案称发现B死亡。但那天上午十点左右，就已经有人看见您在他的房子里了。

凯谢吕　（紧张地）他们已经把所有这一切都做了笔录。

探　长　是的，当时是在现场。但现在我们得结案。我需要您的帮助。因此，您在房子里待了二十至二十五分钟，却没有报案。

凯谢吕　我不知道他已经死了。我没有发现任何反常的地方。我当时以为，他是在睡觉。

探　长　您是怎样进到房子里的？

凯谢吕　用钥匙。我知道，您现在将要问什么。（急促地说）我是从他手里得到钥匙的，他几乎是强行给我的。我认为，是他的安全感促使他这样做的，以便……

探　长　是他对您这么说的吗？

凯谢吕　说倒也没有说，但是——

探　长　（打断他的话）那么他说了什么？他为什么要把家门钥匙交给您呢？

凯谢吕　（有些尴尬）怎么说呢……他开了一个玩笑。他说："给你一把钥匙，反正你也喜欢研究我的那些手稿。"

探　长　他是这么说的吗？

凯谢吕　是这么说的。

探　长　好吧……请您讲一下，自从您从这里进去以后，在房子里都干了什么——（他把一张纸在桌上铺开，然后把纸朝凯谢吕的方向旋转。他可能以为，这样凯谢吕就能看得更清楚一些。）

凯谢吕　这是什么？

探　长　房子的平面图。居民区里的一间半房子。往右是一个房间，从这里往左是浴室和半间房，对面是厨房。您是从这里进入门厅的——

凯谢吕　（身子朝图纸的方向倾斜）没错。

探　长　说吧！您干了什么？

凯谢吕　比如，我想对他说：早上好，或者类似的话。但我看见他正在睡觉——

探　长　他已经死了。

凯谢吕　好的，您现在已经知道了，但我当时不知道。床靠着墙，我只看见了他的颈背和被子。

探　长　是的，但当您进入这个房间的时候——

凯谢吕　我没有进入这个房间。

探　长　那么，您进入了哪里？

凯谢吕　那个半间房。那里有他的文件柜，他在那里保存着他的卷宗。

探　长　那么，您在那里干了什么？

凯谢吕　我干了他在交给我钥匙时委托我干的事情。我在研究他的手稿。

探　长　那么，您拿走了什么东西吗？

凯谢吕　（现在，他有一点儿吃惊）您怎么能这么想？我没有碰任何东西。

探　长　那么，那些手稿在哪里？

凯谢吕　什么手稿？

探　长　您连碰也没有碰过的手稿。

凯谢吕　说得对！它们在哪里呢？

（寂静。凯谢吕和探长在无声地凝视着对方。在凯谢吕的脸上是一种几乎看不出来的微笑，他好像有点儿享受这场游戏给他带来的快乐。）

探　长　关于纹身，您知道什么吗？

凯谢吕　关于什么？

探　长　死者的大腿上有一个特别的记号。您知道这个吗？

凯谢吕　当然……确切地说——这把我完全弄糊涂了。您说什么？一个特别的什么东西？

探　长　（好像突然厌倦了质询、他的职业、人生和一切，他的声音冷漠、没有感情色彩）我说的是纹身，凯谢吕先生。从大腿外侧青色的纹身上，可以看得很清楚。

凯谢吕　（否定地摇了摇头）

探　长　一个大写字母 B 和一个四位数字。

凯谢吕　（还是什么也不知道）

探　长　我同一位病理学家交谈过。他是一位老人。（他犹豫片刻，然后突然说出了一个词语）犹太人。他说，它非常像奥斯威辛集中营里的囚犯编号。只不过，当时不是在大腿上，而是在胳膊上。这挺有意思的，不是吗？

凯谢吕　是的。非常有意思。只是，我对奥斯威辛集中营给囚犯编号之事一无所知。再说，我不是犹太人。

探　长　（有力地挥动了一下手臂，好像是要把一只苍蝇赶走似的）这对我不重要。

凯谢吕　为什么这个纹身如此重要？

探　长　这可能会引导我们找到某些圈子……比如，我们对他从哪里搞到吗啡感兴趣。

凯谢吕　（震惊地）这么说，他是用吗啡——？

探　长　您不知道吗？我们搜查了房子。我们在枕头下面发现了一些安瓿。地地道道的、医院里的安瓿。而且所用的注射针头是从消毒包装袋里取出来的。一般的吸毒者对旧针头也就满意了。（片刻的停顿之后）您知道在他的密友中有医生或者医疗机构的雇员吗？您可以假设，这个人可能把毒药给了死者。

凯谢吕　我一无所知……

探　长　您认识他的前妻吗？

凯谢吕　怎么能不认识呢。他们离婚至少有五年了……您为什么问这个？

探　长　这个一点儿也不重要。我只是看了一下，这个女人是什么职业。医生。

凯谢吕　（非常吃惊地）那又怎么样？……

探　长　这就是所有的情况。但还是有点儿意思。不是吗？

凯谢吕　（由于吃惊，几乎找不到合适的词语）我不明白，这里面什么地方可能会有意思……

（黑暗。

后来灯光亮了起来。所有的人都在他们以前的位置上坐着。）

沙劳把眼泪咽了下去，问凯谢吕究竟为什么要对探长隐瞒实情，为什么隐瞒了他了解纹身及其含意这一事实。

凯谢吕回答说，他当时应该把B的所有经历讲给探长听。

说得对。但您为什么没有这么做呢？

凯谢吕说，由于某种原因，他不能讲。

是的，但为什么不能呢？

“在这个问题上，我自己也是绞尽了脑汁。”凯谢吕说。

在这个问题上，我自己也是绞尽了脑汁。环境给许多事情提供了解释。我怎么可以把B的经历告诉一个警察呢？警察会用什么样的警察用语把B的经历，这个确实难以用语言表达的经历写进记录本呢？我坐在一间闷热的办公室里；冷冰冰的电灯泡在亮着，在我的对面是一个人冷漠而严肃的目光、眼镜、灰色的头发和暗淡的眼神。当我进去的时候，他握了一下我的手，他的手心既湿又冷。我能用什么样的语言对他讲述B的经历呢？客观的？戏剧性的？还是用记录本里的语言？

这是可怕的时刻，因为我明白了，当B活着的时候，他在充分利用这个经历，而且我认为，我明白了，充分利用这个经历可能会意味着什么。在这里，在这个办公室里，我感觉到世界上所有的冷漠凝聚在了一起。在这里，我明白了，所有的经历都结束了，我们所有人的经历都是无法用语言表达的经历，而他，B，则是唯一一个以自己的方式，因此是以他一直习惯采用的方式，即激进的方式从中获得结论的人。

因此，我必须寻找他那部消失了的小说。因为我应该知道而且可以知道的一切也许都在那里面。

只有从我们的经历中，我们才可以知道，我们的经历已经结束了。从另外一个角度看，我们以那样一种方式在活着，好像总还有我们要继续做的事情（比如，继续我们的经历），这就是说，我们生活在错误之中。

B至少还有过经历，即使这段经历是无法用语言表达的和不可能被理解的。

而我却连这个也没有。如果我想要把我的人生看作是经历的话（谁不想了解自己的经历，然后平静地——或者不安地——把它称作自己的命运），那么我就必须讲述B的经历。

我将尝试简短地总结这段经历——也就是B的经历——至少是它的开头和起源。换句话说，我将要讲述所有的一切，其中包括关于纹身应该知道的事情，以及我不可能告诉警察的事情——但也不可能告诉别的人——因为我觉得这是无法用语言表达的经历。

事实也的确如此。

也许，我的讲述将会更容易一些，如果我返回到最初的位置，返回到那些愚蠢的问题和那些更愚蠢的答案，当时随着B的去世，我们突然间都变成了没有经历的人，我们试图诠释这个经历。

简言之：我们坐在我在出版社的房间里，我们四个人都坐着，我们与B及其经历有着某种关系，甚至我们——客观的奥布拉特博士除外，他以真正的哲学家的方式，为自己创造了可以说是直到生命的尽头仍可以继续的、中立的哲学教授的经历——不仅受到B的经历的影响，而且也多多少少地被这个经历毁掉了。

最初，我之所以让人请他们来出版社，是因为我请他们每人为将要选编的B的遗稿集写一篇论文，就是那种简短的序言。我本来希望，今天就可以把已经准备好的合同交给他们，也许还能把微薄的预付款的汇票交给他们。那时，我还不可能知道在那天早上所谓的编辑部会议上我听说的事情：我们可怜的出版社在亏损经营。因此，如果我不提与出版 B 的遗稿有关的建议，反倒更明智一些。

我请求我自己原谅，我被迫写下这样的废话；现在我看清了，对我的客户们，即这些所谓的（或者也许是真正的）作家来说，事情有多么的困难：他们首先要研究仅有的材料、客观的现实以及整个的这个物质世界，然后才能抓住隐藏在现象背后的本质——当然，如果这样的本质存在的话。我们主要从那个假设出发，即它是存在的，因为我们不可能安于自己生命的无意义；尽管，我担心这就是真实的情况，这就是生存状况。奥布拉特博士，这位值得人爱戴的家伙就喜欢这么说。

我们就这样坐在那里，沉默不语，因为每个人都十分了解 B 的无法用语言表达的经历。

如果我记得没错的话，最后是我首先开口说话：

“真是一帮傻瓜：他们发现了文身，但却忘记去看他的出生地点和日期。”

屈尔蒂一直是一个心境愉快的人，可那天——他是有理由的——他的情绪正巧不在最佳状态。他说，如果我认为他们确实没有看这些材料，那么我就是傻瓜；另一方面，当然啦，当局也是傻瓜，可以说，但那只是官方式的傻瓜，因为它没有看到两者之间的联系，或者说根本就没有想到这样的联系。

现在，还是让我言归正传吧，B 于一九四四年最后的一个月在 Oświęcim[①] 出生，准确地说，他是在以 Auschwitz[②] 闻名的集中营在比克瑙的一个营房里出生的。

奥布拉特说：在警察局，没有人想到比如 Oświęcim 和 Auschwitz 这两个地名是一码事，这是可以想象的。我们每个人都应该对此表示赞同，只要回想一下毁灭性的无知、愚蠢、野蛮和邪恶，所有这一切在这个国家传染病般地蔓延着，而且能得到官方的同意——但可以说，国家只是在轻描淡写和冷漠地对待这些问题，这就像很久以来我们已经没有意愿去对公共生活状况进行改善，或者做任何的改变一样。因为如果不是这样的话，那么在大腿上可以看见的文身就不会成为那么大的谜团：因为本来是可以知道的，在奥斯威辛的历史上，曾经有几个婴儿在那里出生，他们的大腿被刺上了囚犯的编号，原因是在婴儿的胳膊上还不能刺字，这仅仅是由于没有地方，也就是婴儿的胳膊太短的缘故。

B——说得婉转些——不太愿意谈论他自己出生时的情况。

---

① 奥斯威辛的波兰语叫法。

② 奥斯威辛的德语叫法。

有几次，我把他逼入窘境，结果他说，他的母亲作为斯洛伐克的政治犯被登记在病房的记录卡上，他就是这样得到带有字母B的四位数字的；我还从他那里了解到，据他所知——正如他所说——在匈牙利囚犯的前臂上，一般会被刺上一个字母A和一个五位或六位数，而在匈牙利犹太人囚犯那里，大腿的可能性——也就是一个婴儿的逃跑——实际上等于零（准确地说，他就是这么说的）。

那么，他又是怎样存活下来的呢？关于这一点，我只从他嘴里掏出了几个残缺不全的片段。也许，更多的情况连他本人也不知道。我甚至没有猜想过，他是否认识他的母亲和父亲：就算认识，他也从来没有谈起过他们。关于他的童年，我什么也不知道——我仅仅知道，他从男孤儿院逃走过。他也有其他的名字，这个我也只是在给他填写与翻译有关的出版合同时才看见的。有一次，他说，他“讨厌从祖先那里得到的名字，也讨厌祖先和所有那些使他存在的人”。我把这句话记录了下来。真有意思，我为此做了笔记。也许，这并不那么有意思。

如果我把从他和从其他人那里搜集来的所有材料拼在一起，那么大致可以形成下面这段经历。在进行筛选的时候，或者负责筛选工作的医生没有注意到，有一个女人（B的母亲）已经有几个月的身孕（这是可以想象的）；或者在她身上，压根看不出有怀孕的迹象（这同样是可以想象的）；也有可能，她的身孕也有点儿能看出来，但我们遇上的负责筛选的医生是好心人（最后，这也是可以想象的）。真正的麻烦在一个月后开始了，当时 B 的母亲的身体日渐消瘦，而她的肚子却越来越大。最后，她决定采取行动，尽管她也可能知道，她这样做是在冒生命危险：她以某种借口（比如，在集中营里，所谓的蜂窝织炎是常见的疾病，她可以把脚上已经流脓的疖子作为借口）把自己的名字登记在报名去病房的人员名单上。这也可能意味着她将死定了：在申请去病房的人中，按习惯，大多是要经过筛选的。而这次，他们却没有筛选（根据我的假设：因为如果他们进行筛选的话，那么这个女人怎么可能进到病房呢，而她确实进去了）。接下来的事情就可以描述得更准确一些。病房的监工是一位波兰女囚。B 的母亲出生于斯洛伐克的乡下，她能完全让波兰监工明白自己在说什么；这是所有这一切的基本条件。几天后，她向她透露了自己的——其实已经是明显的——秘密。也许，帮她在死亡集中营里把孩子生下来的这一想法使监工感到紧张，然而她同主集中营里神秘的高官保持着关系，于是她马上开始采取行动。集中营已经处于清算状态，秩序也在崩溃之中：他们报告有一个犹太妇女死亡，在集中营管理部门帮助下，一个早已死亡的斯洛伐克女政治犯复活了——这在草菅人命的奥斯威辛意味着什么呢？一位母亲在病房里生下了她的孩子，尽管孩子马上被人带走了，但这个孩子还是以某种方式活了下来。

“令人厌恶的经历，”B 评论道，“但你不是必须无条件地一直携带着它，就像携带你的钱包和你的身份证一样。你可以把它放在任何地方，把它遗忘在一个咖啡馆里，或者把它扔在街上，就像扔掉一个从陌生人那里得到的不合适的包裹一样。当然，所谓的正常的出生环境也不是十分的有决定意义，假如你思考一下就会明白。人一旦出生，就永远也没有办法了。”

我是那样的愚蠢，居然鼓励他：您就把它写出来吧！

“你不知道，你在说什么。”他回答道。

我想，我的确是不知道。

“这就对了。”他接着说，“它没有形状，血淋淋的，就像一个胎盘一样。但如果我写出来的话，它就变成了故事。你，作为一个要求苛刻的编辑，将如何评价这样的一个故事？”

我沉默不语。

“喏。”他鼓励我，“说话爽快一些！”

“我不知道。”我说。

“怎么能不知道呢？”他生气了，“你看：我交给你一个故事，它讲的是在奥斯威辛，仅仅因为有好心人的合作，一个小孩子出生了。小头目们放下他们的棍子和鞭子，感动地把哭泣的婴儿高高举起。一名党卫军中士的眼中噙满了泪水。”

“好啦，如果你这么讲述的话，那当然……”

“说下去！”他鼓励我，“说下去！”

“总之……无聊的作品……”我说。“但也可以换一种方法去写。”我急忙补充了一句。

“不可能。无聊的作品终归是无聊的作品。”

“但它确实发生了。”我抗议道。

他解释说，这正是问题之所在。它发生了，但却不是真的。它是一个例外。一段轶事。一粒沙子掉进了切割尸体的机器里。他说，谁会对他这个例外的、归因于集中营里好心人的生命，对这个违反规则的、偶然发生的工厂事故感兴趣呢？在集中营里发生的所有故事当中，这个名叫B的不存在的人的例外的成功故事占据着什么样的位置呢？

那时，我们刚刚认识，我还没有完全理解他所说的话。也许，就是在今天，我仍然没有充分理解。但是，在这个已经陷入单调无聊和愚蠢屈服的灰色城市里，这样的谈话开始慢慢地使我入魔，置身其中，我仿佛只能认出我的一个十分遥远的、荒诞离奇的梦。

现在，这里出现了一个问题。一个人怎样才能成为波斯人？——一位法国哲学家问。一个人怎样才能成为文学编辑？——我问。或者，至少应该这么问：一个人如何将成为文学编辑？我们说，画家、音乐家和作家大多是天生的，而校对却不是。大概这需要某种特殊的退化，而要理解这一点，我就得从远处说起。我必须讲述我的职业生涯，也就是我的完整的堕落史；我必须讲述我的家庭（据说，最初是从瑞士来到这里的凯瑟尔巴赫家族）、我所处的社会阶层、我周围的环境、我生活的城市、我的祖国——整个世界的堕落史。就像一个不可救药的校对，脑子里塞满了世界文学作品中的语句，我马上想到一本书，一个可能的开头：说真的，我并非想把我自己推到前台，当我讲述使人无法忘怀的B的故事……或者：他的人生？也许：他的人生经历？

我是如何得到这本书的呢？后来慢慢地显露出来，这本书对毫无疑问有些可笑的我的想象力产生了痛苦的影响。在我的家里，没有文学，更没有艺术。我是在那些清醒的人中间长大的，战争和各种独裁统治把他们塑造成了——什么呢？也许，我能表述得更准确一些，如果我这么说：我是在那些清醒的人中间长大的，他们的灵魂、性格和个性遭到了战争和各种独裁统治的清算。我提到过，我的家庭源自瑞士，据说在十六至十七世纪，在土耳其占领和其他的变乱中，我的祖先仍能通过顺利地做牛的生意，扎根于埃尔代伊[①]的……

啊，不。我们别说这个了。说几个要点就足够了。在第一次世界大战的时候，我的爷爷就不再使用凯瑟尔巴赫这个姓氏了。因为正是在这个时候，这个可怜的人在前线失去了他年纪稍大一点的，也是他最疼爱的儿子。因为保留姓氏的起首字母既合乎情理，但又有实用价值（不管是多么的令人难以相信，在那个时候，人们穿的衬衫上绣着由姓名的起首字母组成的图案），这样他就选择了凯谢吕这个姓氏，因为他就生活在痛苦之中。在第二次世界大战中，我的父亲把家从埃尔代伊搬到布达佩斯，因为他害怕……（在这六个点的位置上，我写什么都是一样的：罗马尼亚人、俄罗斯人、共产党人、犹太人、纳粹党人、正统主义者和社会主义者）的报复。作为所谓的"埃尔代伊难民"，他的家被安置在了一个不久前被洗劫一空的犹太人的房子里。布达佩斯战役刚结束，我父亲就琢磨着继续逃难，因为他害怕房子的主人报复。然而，房子的主人没有出现，由此可以推出一个结论：很走运，他们被杀死了。我的父亲强调了这种表述。后来，在我还是孩子的时候，就亲耳听他这么说过。

① 埃尔代伊（Erdély），指今罗马尼亚中西部的特兰西瓦尼亚，它在历史上曾归属于匈牙利，匈牙利人一直管这一地区叫埃尔代伊。

“你们永远也不要隐瞒真理！”他这样教育家里的人，“你们不要接受现成的、容易听到的话语。至少我们要保持我们的勇气，它是不可能被国有化的。我们要面对事实：我们之所以能住在这里，之所以还有住房，是因为房子原来的主人幸亏被杀死了。否则的话，我们真的可就无处可住了。嗨……这就是运气。”他还悲苦地说，名字就是象征。

我爱我的父亲。他的脸是漂亮的、灰色的和疲倦的，他的眼睛也是漂亮的、灰色的和疲倦的。有时，他会在家里谈到，很久以前，在别的地方，他曾有过一种不错的生活；但当我知道父亲是做什么工作的时候，他已经是一家所谓的国营企业的所谓的负责法律事务的专家了。“精神上的勉强度日”——他这样形容这份令他无法接受但却还是接受了的工作，因为他每天都在干这份工作。说这话时，他做了一个鬼脸，同时他的手做了一个微小的动作。我没有经历过据说是男孩子们必须有的命运：造父亲的反。没有可以让我造反的人或物：遇到我父亲不存在的、很早以前就被消灭了的反抗，我的造反的动力马上会化为乌有。

我为什么要把所有这一切都记录下来呢？我不知道，因为它们没有带来任何结果。在命运给我安排的这个世界里，结果不总是来自于原因，而原因也不总是被证明为有充分根据的出发点：这样，想通过分析结果而找到原因的逻辑，在这个世界里是错误的逻辑。我认为，在命运给我安排的这个世界里，根本就没有过逻辑。

事实是，在我十九、二十岁的时候——在六十年代初——我得到了一本书。我想，我在前面提起过这本书，在这里，我将不说出这本书的书名和作者姓名，因为这些名字和附着在它们上面的概念，对于每个人和不同的时代，含义是不同的。关于这本书的存在，我当时只能从别的书中了解到，这就像天文学家从其他星球的运动中推断出一个不为人所知的天体一样；然而，在当时那个无法搞懂原因的时代，由于某种无法搞懂的原因，要搞到这本书是不可能的。我当时正在上大学，身上的钱不多，但我却把钱全花在了这件事情上：我把旧书商们动员了起来，连吃午饭的钱也省了下来，就为了搞到一个旧版本。后来，我坐在散步广场的一条长凳上，花了三天时间才把这本厚厚的书读完，因为户外正是春天，而在我租的房子里总是一片昏黑，使人感到压抑。直到今天我还记得，我那时体验到的冒险是多么的富有想象力，与此同时，我在这本书中读到，《第九交响曲》被禁演了。我感到我自己是有特权的，就像一个人获得了只有少数人知道的秘密一样；就像一个人突然被人们唤醒，人们像宣布一项判决书一样，把这个世界不可救药的状况突然展现在了他的面前。

我还是不愿相信，是这本书引导我选择了这个致命的职业。我读完了它，然后它就在我的心底慢慢地沉睡了，我此后读过的书则覆盖在了它的上面，一层一层的，密集而柔软。在我的心底沉睡着许多书，有好的，也有坏的，每种体裁都有。句子、单词、段落和诗行有时会忽然苏醒，像不安的房客一样，孤独地闲逛着。在其他时候，它们在我的头脑里开始大声闲聊，而我却无法使它们停下来。这是职业病。我在编辑一位世界著名指挥家的世界著名的回忆录时，偶然在里面发现了一句话，这可能是真话：指挥家抱怨说，由于高强度的排练，他患上了长期的失眠症，因为他没有能力控制经常萦绕在心头的乐队的嘈杂声。

不，不，首先是由于错误，一个人才成为文学编辑，然后成为出版社的校对。不管怎么说，文学是一个陷阱，它把我变成了俘虏。更确切地说，阅读是一个陷阱。它就像是毒品，舒舒服服地抹掉了统治着我们生命的无情的轮廓。也许，它是在大学的什么地方开始的。它是在大学的交友和熬到深夜的大范围的、深入而没有意义的交谈过程中开始的。我们的一个朋友突然发表了一首诗。在此之前，他神秘地把诗拿到这里来让人们阅读，有人说其中的一对韵脚充满了某种大的智慧。后来，人们就习惯了征求你的意见。你自以为是地在走廊上匆匆走过，腋窝下面紧紧夹着其他人的手稿。你养成了一种吹毛求疵的习惯，追求一种语言的纯净性，人们认为你的审美力是不可能有错的。消息传开了，说“你懂文学”，最后连你自己也相信了这句话。你将成为大学校报的编辑。你学会了如何在编辑与作者的关系中搞平衡，在那个年代，你竟把这个看作是可以好好玩一把的游戏，你这个可怜的人！有时，人们在私下里对“你的胆量”表示恭贺。后来，弥漫在出版社里的随意的愤世嫉俗的作风也被你学会了，你在其中寻觅到了乐趣。那个时候，还能闻到新鲜的油墨的味道，有一个老作家，他在送来文稿的同时，还送来了由国家资助出版的他自己的一些著作。

我在这里说些什么呀？我差不多开始讲趣闻轶事了。现在我看清了，要保持明了的结构、主题精妙的展开和统一的风格是多么不容易啊，而这正是真正的作家区别于像我这样的业余作家的地方。那个爱好——我必须说，这是我一生中唯一真正的、大的爱好——产生的原因我必须找到，随着时间的推移，它开始萦绕在我的心头，而它的主题当然是一部书，一部没有找到的书，也就是B的消失了的小说。曾经有过吗？当然，就是在今天，这部书也有可能被发现，尽管我对此并不相信。尽管谁也没有见到过这部小说，而且每个人都在否认它的存在，但我为什么在想到它的时候，就好像是想到不可怀疑的事实一样？我为什么认为B写了它呢？喏，我仍然确信他写了。不写这部小说，他是不可能走的，因为他是作家，真正的作家，而作家是要完成他们的作品的，即使有几千页，也要完成；即使只有短短的几行，也要完成。大作家是不会把未完成的作品留在身后的，这些我在我的职业生涯中已经领会到了。阅读这部书对我将极其重要，因为我可能会从中了解到他为何而死，也许我还可能会了解到，在他死了之后，对于我而言究竟——比方说——是否还允许活着？

我在思考，我们之间的友谊从何时开始变成了一种依赖——当然，我说的是我对他的依赖，因为贝是那样的独立，就像一根冰柱（和现在一样，也可以理解为这个词的喻意，这是我后来领悟到的）——后来我卷入他的经历之中，从此便无法把我自己的经历从中分离出来。我想，这是从那次谈话开始的。当时，我刚从监狱里被释放出来不久，我们坐在一家昏暗的咖啡馆最里面的角落里进行了一次谈话。尽管在我被逮捕这件事上，他并非完全无辜——我不必说，我在这里想到的是完全抽象的事情，仅仅是他在精神上的影响，从一开始他就对我产生了这种影响。如果我做更深入的思考，那么其他的事情也是有可能发生的：沉睡在我心底的那部书也在悄悄地苏醒了。

校对工作从来没有完全地使我满足，即使在获得成功的时候也没有，比如，当我认为我心仪的一部书或者它的出版非常重要的时候，我独自或者同临时搭档一起，经过较量，最终通过总是伺机采取行动的白痴或者新闻检查机关的审查。看样子，在我的心底，除了这部书外，还隐伏着一个人物（当然，也许还有一个补充性的人物，但我们还是不谈这个为好），这个人物随着B的出现而突然苏醒，这就像在埃尔莎身上隐伏着罗恩格林[①]一样。但我担心，如果这样继续讲下去，我可真就不能自拔了。这无关紧要。在我的生活中缺乏一种艺术家，为了他的缘故，人们真的愿意当校对。这就是该死的诗人——喏，现在我说出来了，不管这听起来是多么的幼稚。

我无法使自己没有理想，但每个人都有一个所谓的理想，即使是在不便于说的时候，或者是每个人都否认的时候，这个理想都是存在的。我见过一个人，他是按照自己的原则而生活的。随着时光的流逝，我突然发现，我是依赖他的言语而生活的。我根据他的情况及时调整自己，我必须知道他在想什么，在干什么，在创作什么。这听起来是不是非常的愚蠢？然而，我们就是这样的人，我们有一点儿像是次要的人，我们从强于

---

① 埃尔莎、罗恩格林，瓦格纳的歌剧《罗恩格林》中的人物。

我们的人的生命中汲取营养，好像在他们的生命中有属于我们的养料一样。那时，我遇到了大麻烦，在道德上如此，在别的方面也是如此——用简短的话说，我的已经躺在废墟上的生命，看起来像要崩溃似的——我处于完全依赖别人的境地，随时准备接受任何影响。那是些黑暗的日子，城市正经历着冬天，而我的心里也经历着冬天。我极其严肃地思考着，是否要结束自己的生命。我简直失去了赋予我的生命以意义的能力。我看到，与尚且还能产生的快乐相比，我的生活遭遇了太多的烦恼。也就是在这个时候，我了解到贝对于自杀的看法；这个看法是令人震惊的和别出心裁的，准确地说，与他最终所采取的行动截然相反。

但我感觉到，我开始变得使别人无法听懂了。也许，我得返回去，按照某种时间顺序来讲述，比如，讲述我是如何认识贝的。但是，这个我已经想不起来了。在出版社，每个人都认识贝。我那时在文学作品校对科工作，B经常来找外国文学的编辑们——他从事法语、英语和德语翻译，而且翻译得非常漂亮——我同他没有任何往来。但他还是引起了我的注意，因为贝是个嗓音洪亮和快乐的人，他和蔼有趣，谈吐十分诙谐——每天早上，他都是这个样子。我在当时还不可能知道这一点。可以肯定的是，我有那么一点儿讨厌他。小吃店是社会主义者的避难所，这里有前一天剩的面饼、可疑的三明治和稀溜溜的咖啡。为了寻求片刻的快乐和隐蔽之地，有时每个人都会有规律地在这里出现，有一次我们还交谈了起来。我们出版社有一份刊物，这是每月出一期的受到欢迎的杂志，我自己也是它的编辑之一。这份刊物存在经常性的手稿不足问题，我得想方设法解决。后来有一天，我们一边吃着前一天剩的面饼，一边喝着人造橘子汁，我问B，他在翻译之余是否也习惯写点东西，如果写的话，有没有可供我们杂志用的原始手稿。这时我才看清了他的真面目。他看人的时候，能让人感觉不舒服。“你是谁？”他问。我告诉他，我在这里工作，我还说，我以为我们相互认识呢。“我不这么认为。”他回应道。他表情严肃地把我打量了一阵子。“你喜欢棘手的东西吗？”他后来问。“这取决于质量。”我对他说，因为我认为他在摆架子。这是一次特别愚蠢的谈话。

几个星期后，他把一份手稿放在了我的桌子上。在他离开后，我怀着好奇心匆匆地看了几眼。该怎么说呢，这似乎是一份大有希望的材料。于是，我马上就阅读了一遍。在这篇后来——真的，只是在一个非常狭小的圈子里——被视为重要作品的短篇小说里，B首次表达了他的基本观点，这个观点认为，生活的基本原则是邪恶。然而，小说本身讲述的仍然是一个道德行为的故事，也就是善的发生。小说讲的是，在以邪恶为基本原则的生活里，善也是可为的，只不过行善者要以牺牲生命为代价。这是一个大胆的断言，正如小说本身也是大胆的，在小说中这个断言得到了体现。另外，所有这一切都是在一个纳粹集中营的背景下发生的。

我把贝的这个短篇小说作为“最重要的作品”，而且是“最近几年来落到我手上的最重要的作品”推荐给了我的上司，也就是我的经理，以引起他的注意。结果，关于这篇小说，他说“愤世嫉俗者”。这个人是我有生以来见过的最愤世嫉俗的人——尤其考虑到是在这个国家，一个人要想担任国家出版社经理，难道不需要足够的愤世嫉俗吗？——所以，在这个经理表达拒绝的词库中，“愤世嫉俗者”这个词语是他的分量最重的理由。这篇小说最后在一份不重要的，准确地说是国家使它变得不重要的刊物上发表了，它每半年出版一期，而且当时的印数也受到了限制。是我自己把这篇小说送给这份刊物的。“费这么大的劲，值吗？”贝扮了一个鬼脸。“值。”我回答说。但我感觉到，我发生了什么事，有某种东西开始在我体内燃烧，好像所有这一切程序，加上这篇小说，突然间引爆了我身体里的一个，也许很久以来就等在那里的爆炸装置。

尽管如此，我还是不愿相信，我踏上了公开反抗的道路，因为我从来没有反抗的天性；只不过是我的厌恶感增加了。真的，是这种厌恶感成全了其他的一切。那些没有生活在不可能澄清原因的世界里的人，那些在尝到厌恶的滋味后也不清醒的人，那些从来没有感觉到普遍的无能为力这个疾病在他们的机体里扩散并控制他们的人，都理解不了我在说什么。我在一条路上顺利地出发了——确切地说，有某种东西和我一起顺利地出发了，这种东西就像是跑错轨道的火车，我永远也不可能控制住它。我想起一个炎热的夏天的下午，我必须用这个下午去消化一份手稿。这是一部所谓的长篇小说，其作者的名字在所有作家中排在第三或者第四位，因此他的名字一直排在非常靠前的位置上。这个时候，在形式上把这份手稿发给大家传阅，我可以这么说，凡是拿到手稿并将发表意见的编辑，就已经知道了他要做的事情。一般来说，这样的事情是非常紧急的，依照惯例，这部书必须破例出版。关于文学、编辑的人格、我的职业的意义和我的家庭——我已经有妻子，还有一个儿子——我肯定做过一些思考，但是这并不是实质性的东西；随着我的血液流动突然加速，我感觉到一列火车随我一起出发了。我写道，这部作品语言低劣，结构平凡，故事缺乏新意——我不建议出版这部小说。在另外两位编辑对期待已久的校对的提议不予支持的情况下，征求意见的工作必须重新开始；这期间，作者以浪费时间为由，状告出版社，他还动员了他在“上层”的庇护者们，我自己则被降级使用，成了那些不可信任的人中的一员。

这么说吧，把我的苦难历程写出来是没有意义的，而时下这已蜕变为知识分子最喜欢的——而且收入不菲的——娱乐。可别忘了，我要讲述的是B的经历（如有可能，我将不掺杂自己的经历）。其实，我的情况，至少同当时的环境相比，算不上例外，也算不上特别危险。最后，我以煽动反革命、参与制作和发行非法杂志的指控被捕，但后来我并没有被正式起诉，大约拘留了十天后就被放了出来。后来我听说，当时，一笔大额国家贷款的谈判正在幕后进行，而国际担保的条件之一就是释放政治犯。

我成了政治犯。我应该大笑才行。“假如你是革命者，你当初就不应该建立家庭。”我的妻子对我大加指责。这完全是误解，就像一出廉价的闹剧中的情节一样。从根本上说，完全是出于好玩，出于厌恶、无聊和正直，我才做了这件事，可我怎么能使她理解呢？我怎么能贬低自己的英勇事迹呢？至少，它看起来还是可以辩护的。我怎么能够承认，既不是信念，也不是希望在指引着我呢？仅仅是，怎么说呢，我要打破生活的单调，以便获得有关我的生存的信息。说真的，整个事情就是一出纯粹的恶作剧，是那种从逻辑学和心理学角度无法解释的行为，正如纪德所说，这只有在那种没有幽默的社会里才被当真，独裁统治就是这样的社会，警察的世界观是其唯一的基本原则。这之后，我必须沉默，我的僵硬的脸上带着不屑一顾的笑容，好像不可能同那些不配听的人一起分享自己的不可动摇的论据一样。

如果我说，这种状况是糟糕的，那么我还没有触及真正的不幸。为了我不太严重的罪孽，我必须付出高昂的代价。我的妻子离我而去，我失去了自己的小儿子，失去了工作，失去了住房。当时，我把所有这一切概括为一句话：我的生命崩溃了；而且，我还清楚地记得令我自己也感到吃惊的冷漠，伴随着冷漠，我听到了我的妻子完全合理的指责，而在这种冷漠背后，可能不只是有我蹲了十天监狱的经历。如果我说，在我感到生命崩溃的同时，我感到了一种解脱，这奇怪吗？走出婚姻，我一下子跨进了真理，我心里充满冒险的感觉，好像新的一切就要开始了。如果我没有理解错的话，我的妻子首先是因为家里被搜查而怨恨我的——其实，这也是可以理解的，我没什么可争辩的。据说有三个人占领了我们的房子，他们翻抽屉，搜柜子，挪家具。这个可怜的人，她根本就不知道他们在找什么。其中的一个人猛推了她一下，另一个人则“偶然地”捏了一下她的乳房，以至于在她的乳房上留下了青色的斑痕。我们两岁大的小儿子号啕大哭。在我听我妻子讲述的过程中——我准确地想起来了——我越来越注意到她的上嘴唇，她的上嘴唇像一道优美的弧线，稍微有一点儿短，很久以前我就喜欢上了它。我曾经思考过，爱情是多么的不可思议啊，而人的整个脆弱的生命就建立在这样的不可思议之上。一天，当醒来时，我们发现自己和一个陌生人在一间陌生的卧室里，我想，我们将永远不能找回自我：我想，是偶然性、色欲和瞬间的想法决定了我们荒谬的生活。

对了，我们的儿子已经长大了，他的雄心勃勃的母亲逼迫他搞计算机专业；在我们日渐减少的会面中，我遗憾地断定，我没有很多的话要同一个计算机专家谈。在他的面前，也许有一个不同寻常的未来。如果我没有看错的话，我的儿子对他的父亲表现出一定的克制。在他看来，父亲过着已变成多余的知识分子的生活，尽管他是一名文学编辑，但在他生活的城市里，慢慢地已经不需要文学了，更不用说编辑了——

可以肯定的是，事情不是有意这么发生的，但在接下来的短暂而黑暗的日子里——我是那样闯入这些日子的，就像是跨出了我们家的房门后，跌进了一个没有掩埋的坑里——我突然想起来了，我是在圣诞节那一天从监狱里释放出来的。真痛苦。我什么也干不了。我去了能去的地方，见了能见到的人：我不可能说得比这更准确。有人告诉我，除夕夜将有一个“盛大的聚会”。有人想同我交谈。有人想帮助我，使我重新得到我的工作。我从屈尔蒂那里得到了地址，他认识费尼韦什，费尼韦什认识豪拉斯，豪拉斯又认识传奇人物博恩费尔德，博恩费尔德的文章有时会刊登在《纽约时报》《世界报》《法兰克福汇报》上。有人说，博恩费尔德现在居住在美国。我还从来没有被邀请参加过这样的聚会；在这个极其挑剔的圈子里，看样子，我可能会为自己赢得一点儿名声，我想这归功于我被拘留这件事。

雾笼罩着这个除夕之夜，这座城市死气沉沉的，但同时又有许多人——许多张脸和人影，会忽然从迷蒙的夜雾中显现出来，那样的突然、不可预测、不可避免，就像命运一样。一张张露齿傻笑、愚蠢的脸从我身边经过，它们躲在破旧的礼帽或者无边帽的阴影里；小汽车从人行道旁边飞驰而过，把路面上黑色、冰冷的积水溅向行人。在我的耳边，有时人们会吹响装饰着缨子的巨大的纸喇叭，它们发出的尖叫声充满了不祥之感，跟人复活时的情景一样可怕。在我的脚边，有时会有鞭炮响起，发出闪闪的火光。我得去一个位于内城的地点，也可称之为密谋者的地点，在这里，一帮境遇相同的知识分子将要庆祝波兰的反抗运动、最新的地下刊物以及即将来临的新年。

无疑，在这个除夕之夜，B不知不觉地成了聚会的中心，然而这不可能是他的主观愿望。或许，这次他还是有这个愿望的？他究竟是怎么来到这里的？在绝望的信徒、坚定的实证主义者和承认永远失败的改革者中间，他在寻找什么？他放弃采取行动，对希望不屑一顾，不相信，不否定，什么也不想改变，什么也不想赞成，他怎么会来这里呢？这至今仍然是一个谜。房子里一片昏暗，直到最后，我也没能分清东南西北。但由于里面挤满了人，几个互相通着的宽敞的房间无法一览无余；天花板很高，被烟雾熏过的墙壁显得有些肮脏，家具也是残缺不全；到处都有人在吃着，喝着，他们坐在地上，坐在沙发上，坐在（或者躺在）一切能想到的地方。主人们：男主人、女主人或者款待客人的人，一点儿影子都没有；这个晚上的聚会显然是按照野餐的方式组织起来的，每个人都带来某种东西，有人把包裹打开，并把许多的饮料和少量的食物摆到桌子上，如果门铃响了，会有人去开门。虽然房子主人的名牌就钉在门上，但直到最后也没有人知道他是谁，也许他根本就不存在。我回想起一个几乎是没有任何家具的房间，一块显眼的、像丝一般柔软的蓝绿色地毯几乎铺满整个房间，地毯看上去像波浪一样起伏不平。当然，我也还十分清楚地记得，那天晚上我喝了很多（对此，我有很好的理由），这样一来，我几乎没有听懂一个特别的游戏规则。在一张桌子那里，一个小团体——其中也有屈尔蒂和B——按照这一规则在玩，而且他们的声音越来越大，情绪越来越失控。

很久以后，也就是在贝死后，我们澄清了这件事，而且是在那个早上，在出版社。

“你想的是集中营扑克。”奥布拉特告诉我，“玩法很简单，规则也很简单。玩的人围着一张桌子坐着，每个人都说，他去过哪里。只要说地名就行，别的什么也不用说。在此基础上，我们确定筹码的价值。如果我的记忆没有错，那么两个基什道尔巢①等于一个主街道……一个毛特豪森②等于一个半莱切克③……”

“你的说法可能会引起争议的。”屈尔蒂的精神振作了起来，“不过，就是在今天，我自己也不能完全说清楚。”

沙劳：

“愤世嫉俗的游戏。”

---

① 基什道尔巢，匈牙利北部的一个小城镇。

② 毛特豪森，奥地利东北部城镇，纳粹集中营曾设在这里。

③ 莱切克，匈牙利西部一座小山的名字。

“为什么会是愤世嫉俗的呢？”屈尔蒂勃然大怒，“我们当时没有钱，只能用那些筹码玩，这些筹码是生活施舍给我们的。”

“贝退出了牌局，我记得对吗？”我问道。

“对。”奥布拉特露齿而笑，“他不想欺骗。他可能感觉到了，他的兜里预先已经有了牌。”

“奥斯威辛。”屈尔蒂点了一下头，“不可能出比这更大的牌了。”

我回忆起这之后的一场争论，争论起源于某个流行的书名，这是这本书中在当时变成流行语的一句话，这句话是“奥斯威辛不需要解释”——在争论中，贝的声音慢慢地高了起来，就像乐队中的独奏乐器一样，在很长的时间里，只有他那不安的、急促的、有时因为激动而停顿的声音在回荡着。我当时要是喝得没那么醉醺醺的话就好啦！一句句清晰而有个性的话语也传到了我的耳朵里，但它们之间的联系我却搞不懂，所以我全都给忘了。当然，我应该能回忆起一张面孔，一张年轻女人的面孔，尤其是她的目光。在贝说话的时候，她紧盯着他，好像要把他看穿似的。在此之前，我看见她在宽敞的蓝绿色地毯上穿过，就像是行走在大海上一样；她踮着脚轻轻地走到桌子旁边，然后默默地坐下来。她就是尤迪特，贝后来的妻子。

黎明时分，有一个人说：“他们同我谈过话了。”这个家伙我不认识。他让我新年过后就去出版社，就像什么也没有发生一样。我接受了他的劝告。在些微的不愉快之后——在一段时间里，我是作为所谓的“圈外人”在挣扎着——作为“外国古典作家”和类似的系列图书的编辑，我不再可能伤害任何人，我被大家重新接纳了。最终，我没有了犯罪记录。这样，我又一次见到了贝，他现在给我带来了一部他翻译的法国小说，我将是这部书的编辑。我需要做的事情不多，他翻译的文字碰也不需要碰。后来，我突然决定向他坦白：我陷入了困境，在发生了所有这一切之后，我不知道我欠谁的情，我不知道该怎样行为，而且自从我有了十分痛苦的监狱经历之后，在某种意义上，我害怕我自己。

我们去了对面的咖啡馆。最令我吃惊的是，我不仅无拘无束地把一切都告诉了他，而且使我感到惬意的是，我能够无拘无束地把一切都告诉他。在第一次审讯我的过程中发生的事情，我预先就料到了。我被带进一个房间，一位穿着讲究的先生提了几个问题，他不住地摇着头。他说，我干了傻事，但没有大的麻烦。甚至，在一定的条件下，他们马上就可以放我出去。我说过，我当时就知道接着将要发生什么事情。我不否认，在某种意义上，我有一点儿紧张，而在另外一种意义上，我却完全的平静。不管他是多么狡诈地说出他的提议——即使是我的生命有赖于他，我也回想不起来他说过的话——我明白他要什么，他想让我当告密者，我毫不犹豫地、傲慢地拒绝了他。我们还争论了一阵子——他道出了事情的实质，不应该立即如此极端地理解这件事，因为仅仅是需要偶尔谈一次话，或者偶尔要我写一份简短的总结，等等。他是那样的友善，以至于我感觉到我的固执的和没有道理的反抗完全是愚蠢的。现在，另外一个家伙推门进来了，他不仅不如前一个友善，而且根本不理睬我，这是不是偶然发生的，我不知道。他们在谈论着什么事情，声音压得很低，谈了很长时间，而我就站在那里，我感觉到，我的勇气在慢慢地消退。如果让我委婉地表达自己，我会说，在我的生命中我还从来没有这样孤独过，从来没有这样被遗弃过。他们偶尔会看我一眼，有时是这个人看，有时是那个人看。我确切地回想起一个危险的瞬间，当时我有了一个可怕的想法，那就是审问我的人正在相互谈论，是自己动手揍我一顿呢，还是把专家叫进来让他们揍我一顿。幸运的是，这件事没有发生，但这个瞬间的体验已经足以从根本上动摇我的自信心。我必须坦率地承认：如果他们揍我的话，更有可能的是，如果他们让我两者选其一，即或者挨揍，或者在纸上签字，那么十分有可能的是，我会选择签字。我不敢确信我一定就这么做，但我更有可能选择签字，而不是不签字——这就是我当时的感觉。甚至，我确信，如果我在纸上——当然是在被迫的情况下——签字，以后我会以相同的方式对自己解释这件事，就像解释我没有签字一样，显然，后者更能博得人们的同情。我怎么说呢，生活在这种不确知当中，不是一件容易的事。在我的小囚房里，我设法解决哲学的危机问题：我肯定不是十分地相信玄学的力量，然而我突然发现道德的范畴非常的不稳定。我必须认识到一个赤裸裸的事实，即人类不管是在物质上，还是在道德上，都完全具有依赖性；在这个社会，这是不容易被注意到的，警察的世界观决定了社会的思想和实践，而且在这个社会没有任何出路可言，没有任何解释是令人满意的，即使在那时也是如此，假如这些选择的余地不是我自己，而是由外部强制性的力量摆到我面前的。这样，至于我做什么，或者他们对我做什么，实际上与我没有任何关系。

我不知道，我为什么要把所有这一切都告诉他，因为我既没有期待他给我建议，也没有期待他给我帮助，这一点他自己也知道。他低头听着，把一只胳膊搭在身旁一张椅子的靠背上，手向下垂着。有时，他会点点头。他看起来有些悲哀，好像在我给他讲述之前，他就已经了解了我的情况，而且他在很久以前就得出了某种普遍性的结论。

“不可以陷入这样的情形，你不可以知道你是谁。”他说。我想，我将永远不会忘记这次谈话。他说，我们生活在大灾难的时代，每个人都是大灾难的承受者，因此需要特别的生活艺术，我们才能生存下去。大灾难中的人没有命运，没有特征，没有性格。他所处的可怕的社会环境——国家，独裁统治，或者你想怎么叫就怎么叫——以令人眩晕的旋涡的引力在吸引着他，只要他还没有放弃反抗，只要他像滚烫的天然喷泉一样，其内部还没有爆发混乱——在这之后，他的思维将处于混乱之中。对他来说，永远也不可能回归自我的中心，即回归坚固的、无可辩驳的确知的自我：因此，严格地讲，他失踪了。贝说，这个失去自我的人是大灾难，是真正的邪恶。他说话的方式有些可笑，而他自己却不愿成为邪恶之人，尽管他有能力做任何邪恶之事。他说，《圣经》里的话重新生效了：你要抵御诱惑，不要了解你自己，否则的话，你将永远受到惩罚。

我不知道，在这些抽象的、没有个人特点的思想中，我为什么找到了那么多的快乐，而我对它们也并非完全地理解。但是，正是这种普遍性使我感到心情舒畅，这就是说，我们所谈论的不是我的事情，我们所剖析的不是我的内心世界：正是这一点帮助我摆脱了一大堆极其无聊的烦恼，这些烦恼未曾有过解决办法，但它们一直在解决之中，正如现在已经解决了一样。

然而，与此同时，我的经历在我的面前是作为理论问题表现出来的，一方面它是丰富的，另一方面它也有点儿把我从自我中解放了出来，而现在我所需要的正是这一点。我把这个也告诉了他。我还说，我感觉到，我们的谈话同时改变了我对自杀的十分严肃的看法；我说，我可以这么说，我突然感觉到用这种办法使自己和使社会感到烦恼是多余的。他笑了。他会大笑。我想念他的笑声。

看样子，有一段时间，他曾考虑把剧本剩余的部分用自由诗的形式写出来，他模仿的是彼得·魏斯或者更多的是托马斯·伯恩哈德的风格，他是他们作品的权威译者。在亲笔手稿和创作笔记里，保留了几处这样的尝试。在这里也可以找到几个片段，它们最终没有进入剧本。在其中的一个片段里，两个角色分别叫凯谢吕和贝，场景是“一家咖啡馆的一张摆放在角落的桌子”。

贝

死亡是容易的

生活是一个大集中营

这是上帝在地球上为人类作出的安排

人类则把它

发展成为毁灭人类的营房

自杀

就像以狡计骗过哨兵而逃亡

幸灾乐祸地嘲笑留在那里的人

在这个大的生活的集中营里

不能出不能进不能前进不能后退

在生命被终止的

这个卑鄙的世界上我们在衰老

而时间却没有往前走……

我在这里认识到反抗就是

继续生存

拒绝服从就是

完全经历我们的生命

极大的谦恭

同时也是我们自己欠自己的

自杀唯一可评判的工具

就是生命

自杀就是

继续生活

每天重新开始

每天重新生活

每天重新死亡

我不知道，如何接着往下讲。

B的葬礼是在一个凄凉、阴暗的秋日举行的。

不。

我应该回到那个，这么说吧，回到那个开始时的情景：我们四个人，沙劳、屈尔蒂、奥布拉特和我坐在出版社里。我声音非常大地对沙劳说，她上周向我要的一本字典我已经搞到了；她马上就能明白，我想同她交谈——因为，她从来没有向我要过任何字典——她立刻跳了起来。在离其他人稍微远一点的书柜那里，我们在书籍中间翻找着，我轻声问沙劳，屈尔蒂罕见的恼怒原因何在。他知道什么事情了吗？或者，沙劳也许已经把一切都对他坦白了？沙劳说，不，他们根本没有谈到过任何这方面的事情。很久以来，他们没有就任何事情交谈过。但是，她不愿意隐藏她的哀悼。如果屈尔蒂还没有完全失明，没有到对任何事情和任何人都视而不见的地步，那么他是应该能猜出点什么事情的。但她不相信，这会对他造成痛苦。她不相信，她能对屈尔蒂造成痛苦。沙劳说，他只是受到了伤害；而这种伤害正好与屈尔蒂为自己建立的伤害和失望的世界秩序相适应；应该说，屈尔蒂在享受着所有这一切，而这一切并没有伤害他——她，沙劳至少持这种观点。这个世界和他的妻子都把他抛弃了；现在，没有任何责任把他与这两者中的任何一个联系在一起。沙劳说，他就像一个孩子，就像一个小青年。但当她把他比喻成小青年时，我没有看到她变温和，或者她的脸上露出歉意的表情。

我还是不知道，如何接着往下讲。有几个事实，即使是在事后的今天，我也难以相信；有几个事实，即使是在事后的今天，我也难以述说。

一天早上，电话铃响了起来。可能是九点钟。（太富有戏剧性了，但这是真的。）我还在睡觉。我习惯在这个时候睡懒觉，因为我开始认识到，这是唯一值得做的事情，如今我可以用这种方式消磨我的时间。过了一阵子，我才搞明白，这是沙劳打来的电话：我几乎没有辨认出她的声音，她的声音有些颤抖、痛苦和反常。于是，我立刻问道，她是否遇到了麻烦。沙劳说，有大麻烦了。“一刻钟内我就赶到。”我说。“赶到哪里？”她问道。我说，当然是你们那里，因为我想屈尔蒂可能出了什么事。“你到贝的家里来！”沙劳说。我惊讶得说不出话来。“去贝的家里？你在他那里吗？”我问道。“是的。”她回答道。“你不能把电话听筒交给他吗？”“不能。”她说。“为什么不能？”“他死了。”她回答道。千真万确，这就是我们的谈话，听起来好像是尤奈斯库[①]作品中的一段可怕的对话。

我什么也没有听懂。除此之外，沙劳千叮万嘱，尽管她在哭，但对我却越来越亲密；看起来，对她来说，给我打电话可能是一项重大的决定，而现在，打完了电话，她慢慢地得到了解脱。然而，我在听她说话的时候，却越来越糊涂：我一直不明白，她是怎样进入贝的房子的，而令我感到困惑的是，她对我竟如此的信任。因为迄今为止，我认识她，就如同一个人认识他朋友的妻子一样，或者说我根本就不认识她，而我对此已是彻底的满足了。她是贝的情人，贝的最后的情人——这句话反着说，也是可以的——在最初听到这个消息的时候，至少对我来说，我是完全地不敢相信。乍看起来，沙劳是一个不起眼的人，如果不是遇见B的话，她自己也许永远也发现不了自我。他们的关系可能是痛苦的，一方在起支配作用，荒谬而没有前景，可能是一种致命的迟到的快乐。

很久以后，当我们的关系变得更加亲密，甚至在我向她提出要求的过程中我们之间几乎形成了互相信赖的关系时，我和沙劳去了一家又一家的咖啡馆，或者我们一起散步并谈论贝，

---

① 尤奈斯库，法国剧作家，荒诞派戏剧最著名的代表之一。

就像两个寡妇一样。过了一段时间，我问她，他们究竟是怎样走到一起的。这段经历，至少按照沙劳的说法，简单得就像一个故事，荒诞得就像我们的生命一样。至少，沙劳是这么说的。一天上午——她几乎不能相信自己的眼睛——在购物的过程中，她在市场熙熙攘攘的人流中瞥见了B。在一个蔬菜摊前，他就站在堆积如山的土豆、小萝卜、甜菜根和圆白菜等蔬菜中间。他背剪双手，耐心地排着队。沙劳说，他是一个特别的人，即使是从背后看也是如此，他十分引人注目，与这个地方格格不入，可以说既可笑又令人感动。那时，她已经很久没有见到B了。她想同他开个玩笑。她蹑手蹑脚地走到他的身后，把自己的手突然放进他张开的手心里。沙劳说，这个时候，她真的没有想到的事情发生了。B没有转身（转身是沙劳所期待的），而是把这只女人的手亲密地握在自己赤裸裸的、温暖的手里，就像是拿到了一件不期而至的神秘礼物一样。由于手被紧紧地握着，一股暖流突然传遍沙劳的全身——文学作品中就习惯这样描写。

这之后，他们以常见的方式互致问候，并交谈了几句。沙劳问他买什么。芦笋。用芦笋做什么呢？B说，用盐水煮，然后一口一口地吃掉。也许您不喜欢把它和黄油面包渣做在一起吃？为什么不呢，只是谁给他做呢？于是，他们买了黄油，买了芦笋，买了面包渣，买了一瓶葡萄酒，然后他们把这些东西带到了B的家里。他们把买来的所有东西仔细地从包里取出来——十分钟后，他们就已经躺在了床上。

这就是他们的故事。非常具有B的特点。或者，根本不具有B的特点。我不知道。在最后的几个月——在政局发生变化的这几个月，既热闹又充满希望，但这种希望很快就化为幻影——我很少见到B。其实，在这之前的几年里，我也很少有胆子去拜访他。这是有原因的，如果时机到来的话，我会谈到这个原因，尽管我十分的不情愿。

暂时，我还是应该讲述这天早上发生的事。我说过，沙劳用痛苦的声音嘱咐我做的事情令人吃惊。她让我坐上出租车，在还没有到达那栋楼房的时候就下车；她让我别使用门铃，在跨进大门的时候要留意，尽可能别让任何人看见；但她首先要我快，快，快。

我使自己镇定下来，然后坐上出租车，从交通拥挤的城区穿过，这样差不多用了一个小时。那时，B居住在十分荒凉的郊区，他住在一栋所谓的预制板楼房里，这实际上就是一栋混凝土建筑。这个地方位于约瑟夫城①和费伦茨城②的交界处，他

① 布达佩斯第8区的别称。

② 布达佩斯第9区的别称。

自己习惯称之为“城市的十二指肠系统”。他是在离婚后搬到这里来的，许多人因此怪罪他的前妻尤迪特——当时，也许我也有点儿和常人一样，我自己也怪罪她。

在这栋楼房里，飘散着来自垃圾箱的臭味。由于早晨的日晒，在八楼的混凝土屋子里已是酷热难忍。在这里，等待我的是极度的震惊和不安，以至于除此之外，可以说我回想不起任何事情。B躺在他的床上。他已经死了。我突然想到，我还从来没见过死人。我瞥了一眼盖着被子的B一动不动的尸体和他那张熟悉的脸，他的脸已经歪扭成我不熟悉的样子。我的整个身体剧烈地颤抖着，好像是某种野蛮的外力作用在了我的身上一样，我只好无可奈何地屈服。我感到，我发出了一种特别的、打嗝的声音——我失声痛哭——而与此同时，我几乎对此感到吃惊。我把我的额头靠在漆成白色的、凉爽的房门上，某种外部的力量在猛烈地摇动着我的肩膀。

这些细节我今天也能准确无误地回忆起来。我还记得，我冲进了厨房，因为我呕吐了，我拧开水龙头，不断地、艰难地把水往肚子里咽。这个时候，我的目光落在了一只购物袋上，它就放在餐桌上，一根法棍的末端和一瓶香槟酒的包着金纸的瓶颈从里面露了出来——这些是另一个更友好的现实的使者；突然，我是那样地想把这个面包吃掉——也许是因为我还没有吃早饭——以致我差点儿掰下来一块；但是沙劳在场，这阻止了我这么做，看起来，她是跟着我来到厨房的。我们低声地交谈着，好像 B 只是在里屋睡觉，我们得注意着别把他惊醒了。沙劳几乎无法让人认出来：由于哭泣，她的脸肿得像被水浸透的红色海绵。她说，她是八点半左右来的。门是她打开的，她有房门钥匙。她首先匆匆忙忙地来到厨房，把包裹放下，然后才推开了房间的门。

他已经死了吗？

是的。

你肯定吗？

你别问愚蠢的问题。

但……但……他没有写遗书吗？

你自己也看见了。

的确，我看见了，只是在震惊之中，我把它忘得一干二净。它就放在房间里的桌子上，在一张 A4 纸的中央潦草地写着：

你们不要生气！晚安！

字很大，但不容置辩的是，这是 B 的笔迹。沙劳认为，他口服了某种东西：

我想知道他服了什么。可在床头柜上连一杯水也没有。

那么……在此之前……你在它上面什么也没有看见吗？他

没有说什么话……?

沙劳说，没有。

这是真的，在此之前，她有两天没有见到他。

但昨天晚上，他打过一个电话。他说，他工作了很长时间，累了，马上就躺下睡觉，他已经没有心情吃晚饭了。但他要沙劳今天把早餐给他带来。

“我带来了。迄今为止，我们在早上还从来没有幽会过。”

现在，有一段时间，我们的交谈无法继续下去：沙劳的身体在痛苦中前后晃动着，她一把抓住了我，我则不由自主地把她搂进怀里。在这个动作中，没有任何情色的成分，而且我还记得，有某种东西在震撼着我。我是那样的卑鄙（或者：我算男人吗？我是那样的好奇吗？），以至于在后来，我在哀悼和慌乱之中竟然还能找到机会，匆忙地、不由自主地打量沙劳一眼，我还从来没有做过这样的事情。无疑，这个时刻对我是不利的，沙劳的身上显露出崩溃的迹象。但当我把她搂在怀里的时候，我感觉到，我的怀里搂着一个女人，一个神色紧张、此时激动得全身颤抖、可能在隐瞒着有趣的秘密的女人。据我所知，她和我的年纪大致相当，因此，沙劳当时的年龄也在四十五岁左右。

她低声说，她永远也忘不了这个可怕的瞬间。沙劳说，B的邪恶的计划是，大概想把他的死因推到她身上，而且是“如此的不公平”，可能是想让她与B永远疏远，而这对她来说，也许比哀悼还要痛苦。

说真的，我还没有往这方面想过。我又瞥了一眼香槟酒的瓶子，根据我的想象，沙劳是怀着刺激与期待的心情逃离屈尔蒂的，她准备今天早上与贝过一个不寻常的情人节。至于她发现贝已经死亡的那个瞬间，我已经不敢去想象了。他怎么能对喜欢他的女人做这种事呢？B是残酷的，但他对人们并不是这样的。至少他不是有意的，他无论如何没有经过预先的考虑。

另一方面：他还能做别的吗？毕竟，他不可能把他的计划事先透露给沙劳。他也不可能有那样的想法，即让人们偶然发现他已经死亡；他也不可能有那样的想法，即让警察首先进入他的房子。因为，在那个时候，沙劳也是不可能同他告别的。我心底有一个声音在悄悄地说，B可能料到了沙劳会给我打电话寻求帮助。最后，我还有了一个已经是反常的想法，然而这对B来说并非完全不可能：他可能预料到了，沙劳会带香槟酒来，也许，他想让我们在他的床边喝上一杯。我把所有这一切都告诉了沙劳。她低垂着头，手扶在餐桌上一言不发。最后，我还说了一句话，但话一出口，我就立即后悔了。我说，也许B想让沙劳尽快把他忘掉，这种表面上的残酷可能在本意上是想帮助她。

沙劳马上回答说，如果B真是这样想的，那么他或者是不了解她，或者是不爱她。沙劳接着说，就后者而言，他从来不欺骗自己。

我为沙劳感到难过，我的心里十分的悲伤。我为我自己感到难过，也为B感到难过；我为我们的生命感到难过，这些生命已经变得毫无意义，而且无法用语言表述，它们就那样凌乱地散落在这个房子里，就好像是武装匪徒把它们杀死了一样。

沉默。

然而，我们必须赶快商量对策，也就是紧迫的、将要做的事情。当时，沙劳认为还有一件事情非常重要，这就是，不让屈尔蒂知道任何事情。应该对屈尔蒂体贴一些：她把这句话重复了许多遍。她把从B手里得到的钥匙交给了我。最初的方案是，沙劳马上离开，我等待半个小时，然后再正式报案。但我马上就把这个方案推翻了，因为——幸运的是——我是那样的镇定自若，我首先想到的是手稿。在官方的人员到来之前，我想至少把手稿中最重要的部分抢救出去，因为如果官方的人员突然闯进来，他们就会查封所有的东西。于是，我们作出决定，我留在房子里，把能抢救的东西都抢救出去，然后到下午的时候，再拿着沙劳给的钥匙返回来，在开门的时候尽可能弄出大的响声，并且只在这个时候正式报案。这之后，沙劳就离开了，她先是小心翼翼地侦察了一下楼梯，看那里是否有人。我却出了一身的汗，越来越绝望地在柜子里、抽屉里和一切能想到的地方寻找着，然而我在什么地方也没有找到那部小说，确切地说是小说的手稿。根据我的假设，B 在死去之前写了这部小说。

我应该对我找到的东西感到满意。因为那也不算少了，但说真的，其中的缺憾还是巨大的：在这些遗稿中，一切都在渴望着这部小说，渴望着完整性，渴望着一个完美的结局。

在迅速地作了一番思考之后，我于是搜集了以下的材料，至少够出三个集子：除了在杂志上已经发表过的短篇小说，还有两部中篇小说，我自己对它们已有所了解——B 不愿意出版它们，原因是他对出版的程序感到恐惧。尽管我不愿预先下结论，但这些作品中至少有一部分是杰作。我还找到了能结一个薄薄的集子的各种材料：除笔记外，如果你高兴的话，还有格言，每一句话都是一针见血。当时，我带着编辑的快感作出这样的判断，这种快感——应该对此感到害怕——慢慢地在我心里消失了。名为《清算》的喜剧（悲剧？）发生于一九九〇年，可能是 B 在自杀之前刚刚完成的。至于那部小说，我说过，我连影子都没找到，但根据我的假设，B 在开始写这个剧本之前，或者在写剧本的同时可能就写了它。有可能，他在这部小说的创作上花了多年的时间，正如他也可能花了很长时间——或者是间间断断地？——写这个剧本一样；这个剧本在形式上有那么多的变化就证明了这一点，而在创作笔记里也能发现这方面的踪迹。

幸运的是，我的公文包就在我身边。有一段时间，我总是走到哪里，就把我这个编辑的破损不堪的公文包带到哪里，就像医生总带着他的医疗工具一样。

在离开房子之前，我又读了一遍B的遗书：“**你们别生气！晚安！**”这是世界文学史上最短的遗书；在其同类中堪称杰作——我想。

我不知道为什么，但现在我突然想起来了，我居然没有再看一眼遗体，准确地说，是我死去的朋友的遗容。应该这么做吗？我不知道。我当时根本就没有往这方面想。

那天夜里，我突然醒了，我胸中的那种压抑、难受的感觉现在还能准确地回想起来。我该不会是得了梗塞吧？——我带着有些乐观的心情在想。没有得。相反，我感到我自己愚蠢极了，同时又有了一种上当的感觉，就像是被人用低级的手段玩弄并欺骗了一样。有人对我撒了谎，而且——不管这是多么的奇怪——这个人首先就是我自己。我对我自己提出了几个问题，这些问题在很早以前我就应该提出来，而且是立即在现场提出来。比如，我是否思考过 B 的动机，他采取致命行动的一个真正原因，或者诸多原因？那家古老、闷热的咖啡馆又浮现在我的眼前，我们在那里曾经谈到过自杀。我为什么如此轻易地，甚至是轻率地就接受了 B 的自杀呢？文学可能是其原因，没有别的：文学滤除了我的生命，以致它固有的逻辑根本就没有触及我的思维方式。因为一个人不会如此轻易地放弃自己的生命。我在猜想着这其中的秘密，是某种模糊的背景挤到了事件的背后，关于这一点，我自己作为这些事件的参与者，当时根本就没有发现。我看见了死尸，这是真的，但这在一定程度上使我麻痹大意。从这一刻起，我认为一切都是可能的，包括遗书，它是别人有意放在我的鼻子下面的。现在，在黑暗的房间里，我仰面躺在我的床上，突然惭愧起来，我想到，我居然接受了胡乱涂写在一张纸上的十分荒谬的废话，甚至把它看成了杰作，它不仅跟 B 不相称，就是跟任何一个成年人也不相称。他们为什么要对我做这件事？——我苦苦地思索着。B 把沙劳，他的情人叫到自己的床前，共进有香槟酒的早餐，并把这份遗书留给她，这怎么可能呢？不，这是不可能的，很显然，不可能。我突然想到，也许存在两份遗书，一份是真的，还有一份就是这个，这是他们给我看的。但这同那部消失了的小说——因为我已经在这么想了，而且是如此的确信："一部消失了的小说”——有何关系呢？它的秘密，我觉得，我应该就在这里寻找。

对于这些问题中的任何一个，我也没有找到答案。正如俗话所说，我开始编辑我手中的材料，而且我告诉沙劳，她应该帮助我编辑B遗留下来的材料。我们的秘密约会、长谈和散步就这样开始了，在这些活动进行当中，我让沙劳把她的悲痛释放出来。有时，她看上去非常的失落，我产生了一个可怕的想法，这就是，如果我特别想的话，也许我可以和她把她同B中断了的故事继续下去。这个想法使我充满了惭愧和焦虑，因为它使我想起了那段往事，关于它，我不仅不可以说，而且连知道也是不可以的。

沙劳说，他们的关系是荒谬的，这反而使他们的关系变得非常的美好。

“那样的美好，那样的不现实，”沙劳说，“就像一个梦。”他们没有任何真正的烦恼。他们见面，散步，完全就像小青年一样。沙劳说，他们相互分享着“他们在来世的秘密”。他们谈论绝望、书籍和音乐。有时，也谈到尤迪特。沙劳深信，B还一直爱着尤迪特；我自己不想打听这个，相反，我克制着自己，甚至，如果我想变得坦率一些，我可以说：我在逃避继续提与尤迪特有关的问题。顺便说一句，这个事实并没有对沙劳造成烦恼。她说，她接受了它，就像她也接受了他们的关系一样。她说，屈尔蒂正是在那个时候刚刚开始厌世的。我问她，这表现在什么地方。沙劳说，首先表现在他讲起话来没完没了。沙劳说，他每天早上这么开始，每天晚上这么结束。这些都是道德说教，屈尔蒂在讲述过程中，一遍又一遍地阐述着：假如一件事情不是那样的，那么它应该是怎样的；事情本来应该是那样的，可它为什么却不是那样的。这些讲话单调乏味，令人无法忍受，在多数情况下会使人产生可怕、怪诞的怒火。但即使沙劳想在发怒之前打断它，那她也同样会发怒。这件事使我焦虑，因为它发生在我从前的朋友身上，也因为它毫无遮掩地揭示出，建立在没有根据的希望之上的生活把我们引向何方。屈尔蒂相信政治，而政治却欺骗了他，正如政治欺骗任何人一样。

我认为，把我同沙劳之间的斗争详细地写下来是没有意义的，最后，在我已经不抱希望的时候，胜利就像一个熟透了的水果，突然落在了我的手心里。我不想说，我对此感到高兴。有时候，人反倒更希望自己是错的。

看起来，关于 B 的著作，可以说我根本就无法同她交谈。我问她是否知道，B 在临死前的几个月里在写些什么，她不知道。但她说，她不相信他有过什么大的写作计划，有一件事情除外，他想重新翻译《拉德茨基进行曲》，因为他对广为流传的这部书的译本十分的不满意。我只是吃惊地注视着她，但我想，愤怒和因B而承受的可怕的屈辱仍然占据着沙劳的心。如果考虑到她的损失，也就是B死后她的感情跌入深渊，我就应该明白，这些天她对什么事情也不可能产生兴趣。这之后，我慢慢地接近她，我发现沙劳是一个笃信宗教之人，她把生命看成是一种义务，而对她来说，屈尔蒂就是这种义务的化身。所有这一切——屈尔蒂、她与B的关系，都是棘手的，需要小心翼翼地去保护，就像保护冬季里的玫瑰花一样（沙劳就是这么说的）。尽管如此，她，沙劳，仍然不能摆脱弥漫在她周围的极度的安乐、巨大的希望和极度松弛的气氛。她去了英雄广场，夜幕降临后，她点燃带来的蜡烛，就这样站在人群之中，在成千上万支蜡烛的火光里同人群一起唱歌。这一切没有引起B的兴趣。这一切直接激怒了屈尔蒂。沙劳理解不了他们中的任何一个人，她的快乐只能同众人一起分享，而且这是唯一的一次。沙劳说，在这一点上，有某种东西把她同贝隔离了开来，而这对她来说，是既碰不得又解决不了的，有时甚至是可怕的问题。

我不明白，她到底在说些什么。

沙劳说，贝是犹太人。

我回答说，这个我们当然知道。

“我们不知道。”沙劳说，“我们不知道，当一个犹太人意味着什么。”她犹豫片刻，然后突然说，对于贝的遗稿，我没有必要管这么多。

我惊愕：

“你这是什么意思？”

“最好是把所有的手稿原封不动地保留着。”沙劳说。突然，我有了一个可怕的想法，这就是，B 有可能把他的著作权留给了沙劳，我也问了她这个问题。沙劳沉默了好长时间，一点儿也不在乎我从她的脸上读到了什么：显然，在这个时候她并不同情我。但后来她说，也许她应该透露一件事，尽管这唯独属于她，沙劳。她接着说，她所说的是一份文稿，准确地说是一份文件。

正如人们习惯所说，我的心跳加速：

“是一封信吗？”我问道。

“是。”她回答说。

但在第二天，她又改变了主意。

最后，她还是同意拿给我看。

在一家咖啡馆里，我们见面了。我可以在这里，在现场阅读，但不可以带走，这是她提出的条件。最后，她同意让我复制一份，也就是在桌子上用手抄写到一张纸上，好像复印机或者计算机还没有被发明出来一样。

这是遗书，贝写给沙劳的遗书，沙劳在贝的房子里没有拿给我看，而现在她这么做，也只是为了让我放弃我的计划，并迫使我保持沉默：她的良心要求这样。

沙劳，结束了。结束了。我知道，我将要做的事情对不起你。但结束了，结束了。

这一行行的文字也许是我在注射了吗啡后的兴奋状态下写成的。但我是清醒的。我还从来没有如此清醒过。可以说，我是按照自己的想法在做这件事情。

你别以为，我不难过。我们的漫长的下午结束了，进入了黄昏。“在来世的抚摸”（我们是这么叫的，你记得吗？）结束了。我们躺在床上，就像一对兄妹——也不是这样，应该说，更像两个互相使用昵称的温柔的姐妹。我们的世界结束了，这是一个——今天我看清楚了——温馨的监狱，我们对它是多么的憎恨啊！然而，今天我已经知道了，正是这种憎恨使我们活了下来。必须抗争，才能继续生存。

“那么，爱情呢？”你会问，我听到了你的声音，“爱情就不重要了吗？”

我不知道，沙劳。你一切都尝试过了。我很遗憾。

我应该从这里消失，同所有那些东西一起，这些东西——我怎么说呢——我携带在自己的身上，像是携带瘟疫一样。我身上携带着令人难以置信的毁灭性的力量，我可以用我的愤恨把整个世界都毁灭掉，我想文雅一点，不说令人恶心的话。

很久以来，我就只想着毁灭自己。但它是不会自动发生的。我必须帮助，预先帮助……

我创造了一个生命，一个温柔而脆弱的生命，唯一的目的就是把它毁灭。如果你知道什么的话，你要保持沉默。我是那样的一个人，如同上帝，这个恶棍……

我怀着一颗纯洁的心渴望我的毁灭。我不知道，我为什么必须艰难地度过这个漫长的生命，尽管我很早就可以被杀掉，那时我还不知道野心为何物，不知道斗争是徒劳的。任何事情也没有任何意义；我什么也没有创造出来；我的生命的唯一成果是，我可以了解到陌生的东西，而它则把我同我的生命分离了开来。在我生活的过程中，我就已经死了。你拥抱的是一个死人，沙劳，你试图让他复活，但却是徒劳的。有时，我从远处看我们自己、你的徒劳的尝试，我几乎不能收回我已发出的笑声。我是坏人，沙劳。

沙劳，在这个邪恶的、地球上的集中营里，你是一个极大的安慰。人们把这个集中营称作生活。

你别难过，在所有的生命中，我的生命算是完美的。我只需要认识，这种认识就是我的生命。但现在结束了。我存在的借口消失了，继续活下去的生存状态消失了。现在，已经应该像一个成年人，像一个男人那样活着。我对它没有兴致。我不想跨出监狱，走进无边无际的空间，在那里，将要消失和分解的是我的多余的……

我只是不想说：我的悲剧？！

可笑。

我喜欢植物取之不尽的绿色，我喜欢水。我喜欢游泳；在认识她之前，我想，我也是喜欢女人的。

我经历了对我来说所能经历的一切。我几乎被人暗杀，我也几乎成为凶手。确切地说，因为……现在我正准备杀人。

你看见过我面向纸堆弯腰工作时的情景。如果你知道什么的话，你要保持沉默。文学家们会质问的。我尝试明确地表达……都一样。我无能为力。什么也没有，没有。我给他们什么也没有留下。没什么可说的。我不想把我的帐篷架在文学的跳蚤市场上，我不想展示我的商品。恶劣的商品，不是给人看的。但我也不想让人们拿到手上，摸了摸，然后就扔回来。我做完了我的事情，这不关任何人的事。

我开始感觉到自己很奇怪。真好啊，我越过了……把一切都放下的感觉真好。我同那堆令人痛苦的、令人厌恶的事情再也没有任何关系了，我就是这样的一个人……我感谢一切……我感谢梦……

这就是那封信。一字不差。在读第一遍的时候，我想我根本就没有读懂。我只是感到了胜利，这是一种我的想法得到验证后的悲哀的胜利。我在这里同时看到了能支持我的想法的所有证据。小说就在这里——确切地说，不在这里，但这里有一些不能置疑的迹象，表明他写了那部小说，表明那部小说确实存在，表明它的存在是事实和无可辩驳的现实。唯独最后一个句子让我百思不解。我感谢梦……梦这个字在这里作何解释？或许他想起了卡尔德隆？他是那样地喜欢他，尤其是他的名叫《生活如梦》的剧本。“人最大的罪恶，就是他已经出生了。”有好多次，我听见他引用这个远在叔本华之前就产生的句子。

是的，这可能听来奇怪，但我就是这么想的。我察觉到，这是一个文学编辑堕落的思维方式，他唯有动用世界文学，才能解释生活中最明显的一些事实。我这么做的借口是，这种思维方式——至少在短期内——免除了痛苦，同时也免除了我亲身经历我的一位穷朋友可怕的想法和他令人毛骨悚然的命运。

这种辩解，即我对现实的抗议，使我对这封信的真实性也产生了怀疑。正文在暗示，信件完全是在不知不觉中写成的：到最后，笔大约从 B 的手中掉了下来。这可以接受吗？我想，其实很难衡量，在风格化的语言和写实之间有多大的区别，尤其是在谈到作家的时候；他们使自己风格化，到最后，如俗话所说，风格和人化为了一个整体。

但问题是，这封信究竟是不是虚构的，它只是对衰弱和缓慢的死亡进行了伪装，其实这个问题与另外一个问题比起来就显得不那么重要了：如果不是卡尔德隆式的回忆，那么他为何为这个梦而感谢沙劳呢？更准确地说，他为何为这个梦而向沙劳表示感谢呢？根据正文，在这个时候，梦之神已经把他抱在了怀里；两名妇女同他一起在黑暗的江中划船，而另一名无疑就叫尤迪特……

或许，他会为这个梦而感谢尤迪特？我的脊背上感到冷飕飕的……我想到了警察。我想到，贝有时去诊所找尤迪特：有时他要求她给他开处方，这个我还是从贝的口中得知的。对我来说，事情突然变得很明显，那部消失了的小说可能以某种方式与尤迪特有关。但以何种方式呢？

所有这一切迄今只是想法而已，而且是冷静的想法。但现在我突然意识到，我应该同尤迪特谈谈。我应该给她打个电话。

我应该见她一面。但当我把手伸向电话的时候，我感到我的手和脚严格地讲都麻木了。

大约有五年我没有见过她。准确地说，现在，我在葬礼上还是看见了她。她来晚了，她站的地方离我们，她原来的朋友们稍微远了一些。她手牵两个孩子，一个小男孩和一个小女孩，而且在仪式结束之前，她就走了。我曾试着把她忘记，但忘不了。她比以前稍微胖了一点儿。她是一个自信而又不容易接近的人。在葬礼后的两天里，可以说，手淫的冲动在不断地折磨着我。这就如同因持续了几个月的恋爱关系，而遭到恶意和邪恶的玄学的惩罚一样。以前，我同我的大师和伟大的朋友的妻子就维持着这种关系。

我不想谈这个关系。我也没法谈。我也不知道，准确地说，这叫什么，我能为它找到一个什么样的名字。性亢奋——喏，是的，但充满了——至少从我这方面来讲——恐惧、厌恶、自怨和无法解释的快感。我了解尤迪特所有见不得人的秘密，与此同时，她自己，尤迪特，对我来说却变成了越来越大的秘密。最后，我害怕她了，正如我也害怕自己一样。

我知道，这期间她嫁了人，住在布达的一幢别墅里，她的丈夫是一名建筑师。可以说：她离开了我们这个圈子。我不愿意接受这个事实。后来，有一次，当我感到，我——为了那部小说，仅仅是为了那部消失了的小说——有必要对她采取严厉而又不太残酷的手段时，我请求沙劳帮忙。

“你究竟要干什么？”沙劳问，“是要对胜利者进行报复吗？”

她的问题使我感到震惊，然而我自己的回答更使我感到震惊。我的回答我记得很清楚，因为可以说我是作为一名听众听到这个回答的，好像不是我，而是另外一个人在说话：

“她不可能像她所想的那样，如此轻松地从过去的历史中走出来。那样的清新，那样的香气袭人，就像从刚用过的洗澡水里出来时那样。”

这之后，我长时间地为自己辩解着，我试图使沙劳相信——但有可能，也使我自己相信——不应该按字面意思去理解我说的话。沙劳回答说，哀悼和损失并没有使她变坚强，看样子，却使我变坚强了。她接着还说，今天她对尤迪特已不再嫉妒，相反，对她有了一种（她很难找到合适的词语），一种“姐妹之情”。她立即又说，我也许理解不了这个，我也不可能理解，正如男人们对这类事情不是非常地习惯理解。她说，恨比爱容易，失败者的爱人是憎恨。我没有作任何回答，我自己对此也感到奇怪。

我所担心的是，现在将会发生的事情——或者正在发生，或者已经发生——是我所不能克服的。我这么说吧，我缺少一种东西，一种永恒的、深邃的目光。因为我观察到，在作家们身上，在真正的作家们身上（在这里，我不会否认，真正的作家我只认识一位，这就是贝）这种目光独一无二地、不可收买地记录着那些从感情上或者从物质上正准备发生的事件。与此同时，他们作为普通人，可以说又与这些事件完全地融为一体，正如这也发生在每一个其他的人身上一样。我敢说，作家的才能——至少部分的——也许不是别的，正是这种深邃的目光，这种目光对普通人来说有些陌生，而作家却可以将其转变成文字。这是半步，半步远的距离；然而，我却总是同事情在一起前进，事件总是在影响着我，事实总是在干扰着我，并把我埋在它们的下面。

总之，我拨通了尤迪特的电话。她在一家诊所工作，是皮肤病专家。她不太友好。我可以说，她连我的话听也不听。最近的一次，她打发一名护士接电话。她说，主治医生正在给病人做检查。她没有提让我晚一点再打电话。我也没有打。然而，我却把电话打到了她的家里。我打电话的时间，据我所知，正是人们通常坐下来吃晚餐的时间。电话听筒里传来一个男人悦耳的声音。我作了自我介绍，并请求“主治医生”接电话。我还听到了遥远的男人的声音："尤迪特！你的一个病人！"然后，是尤迪特的声音。这是愤怒的，也许还夹杂着一点儿吃惊的声音："有那么紧急吗？不能等到明天吗？好吧，那你就来诊所找我。"我是那样的厚颜无耻，竟然问，她什么时候应诊。"下午，三点到八点。"她说。我的感觉告诉我，她非常生气。我还记得，我当时特别的满足。当我放下电话听筒的时候，我不否认，我低声地咕哝道："无情的女人！"

这之后，我有两天没有给她打电话。你得让她的态度逐渐软化——这就是我的想法。现在，她比以前更愿意同我交谈，尽管她仍设置了许多障碍。她问我究竟想从她那里知道什么？我说，我想同她谈谈。她说，她已经听我说过这句话了，但我想同她谈什么呢？我说，她将会明白的。她非常客气地请求我，别给她家里打电话，好吗？我说，如果她立即答应我的条件，我就不打。我提议，我们在一家咖啡馆见面。她立即予以拒绝。我提议什么，她拒绝什么。她让我去诊所。这又遭到了我的拒绝。我对我们的见面抱着坚定的想法。根据我的设想，我将在多瑙河边的一家咖啡馆同她见面。这时正是春天。我想看见她穿着春天的衣服，迈着轻快的步子朝我走来。结果，她不是从我期待的方向来的，她突然就到了，当她已经站在桌子旁边的时候，我才发现她。

这些琐碎的错误和笨拙也是需要的。它们在一定意义上证明一个人是对的，现在它们就证明了：人就是人，做任何事情，永远也不可能成功。

接下来的是令人尴尬的时刻和平淡的话语。我记得，在回答尤迪特的某个问题时，我装出一副笑脸，说：

“我只是想看见你。”

“前不久你是可以看见的。”尤迪特回答道。

“前不久？什么时候？”

“在葬礼上。”

这是一段可怕的对话。现在，当我把它写出来的时候，我才体会到它是多么的可怕。墓地突然浮现在我的眼前。这是一个潮湿的、刮着风的下午。云朵匆匆地行走着，偶尔会下一阵子冷雨。人很少。谁也不说话。这是没有悼词的、冷清的、异教徒的仪式。是谁要这样的？是谁安排的？很有趣，但我不知道。我们怎么可能不谈这个呢？怎么能不谈这个与B相称的葬礼呢？怎么可能我们中没有一个人想到这个呢？我记得，我望着沙劳。她无助地、无奈地失声痛哭起来，她的痛苦就像疾病一样，完全占据着她。奥布拉特低垂着头，双手在雨衣前交叉着。屈尔蒂空空的目光盯着自己的前方。两个穿黑色制服的人把骨灰盒匆忙地塞进一辆黑色灵车。我产生了怀疑，是否有人给过他们小费。现在，尤迪特迈着匆忙的步子出现在了坟墓之间，她带来了两个孩子。他们远远地站着。那个方向我连看也不敢看。灵车启动了。送葬的行列也出发了。到最后我也不知道，尤迪特是否加入到了我们的行列之中。在骨灰堂里我没有看见她。（尽管我没有看见她，但她仍有可能在那里。）

幸运的是，女侍者出现了。尤迪特不想点饮料。

“没有意义。”她说，“你要相信，这没有任何意义。”她焦躁不安，好像要站起来。但她没有站起来。女侍者也没有动。我提议喝咖啡。她耸了一下肩膀。我突然吃惊地发现，我对她进行了愚蠢的指责：

“你非常注意，不让任何人打搅你的孤独的哀悼。你站在那里，孤零零的，穿着黑色的衣服，你一只手牵着一个小女孩，另一只手牵着一个小男孩……”

“他们是我的孩子。”尤迪特说。她必须把他们从幼儿园带来。她说：“你不会希望，我把可怜的孩子们关在小汽车里，就像关两只小狗那样。”

“你的老朋友们都在那里。奥布拉特、屈尔蒂、沙劳、我和其他人……你一句话也没有对我们说。”我抱怨道，就像一个受到伤害的小青年。

尤迪特一言不发地搅拌着她的咖啡，然后慢慢地、冷淡地把目光投向我：

“我已经在过着另外一种生活了，凯谢吕。”她说。

“我们都在过着另外一种生活。”

“你是在谈论哲学。”她生气了，“如果你把我叫到这里来，是因为你有话要说，那么我请求你，开始吧……五分钟后我就得离开。”

“我不挽留你。一秒钟也不。条件是，你把B的最后一部小说交给我。”

我感觉到，我有点儿偏离……偏离什么呢？偏离现实吗？我怎么能偏离现实，偏离这个根本不可理解、不可知的概念呢？它——感谢上帝！——与想象永远有着巨大的差别。我只想说，我在不知不觉之中把对话进行了戏剧性处理，这些对话我只是模模糊糊地记得，它们肯定比上面写下来的要无聊许多，简单许多。在尴尬之中，也许我立即说，某些情况引起了我的怀疑，我怀疑B在死之前写了一部小说。这些情况同时在暗示一个假设，这就是，这部小说可能就在她，尤迪特的手里。如果真是这样的话，请把书拿出来等等。

尤迪特先是大吃一惊，随后提出强烈抗议。小说？她什么小说也不知道。

“看在上帝的分上，你说的是什么样的小说？！”

“他在死之前完成的小说。或者他把亲笔手稿交给了你，或者把用打字机打出来的手稿交给了你。”

“我想知道，你是从哪里了解到这个的。是他告诉你的吗？也许，他在什么地方写到了这个？在遗嘱里、书信里，或者……”

“你看，尤迪特，如果到现在为止我还只是假设的话，那么现在我已经确信，手稿就在你的手上。”

“真的吗？”

“你为什么不想交出来？”

“很简单：因为它不存在。”

“它应该存在。”凯谢吕说。他对这件事是那样的确信，以致他似乎已经翻开了手稿，感觉到了手触摸在皱皱巴巴的手稿上，听到了纸张瑟瑟的声音。他从哪里有了这么大的把握呢？他自己也不知道。他的信念是那样的坚定，以致确实让尤迪特对他感到绝望。

“你就像一本美国低俗小说里的私人侦探。”她抱怨道，“我来盘问你。你有什么样的权利？你从哪里了解到存在这么一部小说，而你对它却一无所知？而如果它存在的话，为什么会在我这里？别忘了，我们离婚已经有五年了。”

“这并不重要。我知道，他一直对你有一种隐隐约约的犯罪感。在两个人之间，愧疚是唯一真正的纽带。”

“我也了解其他的。”尤迪特说。

“比如？”这个问题听起来也许比凯谢吕想表达的意思更具有挑战性。尤迪特当然没有回答；准确地说，她以沉默代替回答。

“显然，你也培养了他的一些愧疚。”凯谢吕接着说，“实际上，你连偶尔也没有给他打过一个电话。”

“这个你是从哪里知道的？”

“从他那里。”

寂静。

“你知道，他总有什么地方疼痛。我给他开过安眠药、镇静药、止痛药……”

“没开过别的吗？”

“别的？别的什么？”

“比如，”凯谢吕在这里稍微犹豫了一下，然后说，“比如说吗啡。”

现在，又是寂静。痛苦的坦白之前的寂静。

“吗啡注射过量导致了他的死亡。”凯谢吕信心十足地说。

“巧妙的转折。你不讨厌自己吗？我也知道，是什么导致了他的死亡。但你知道什么呢？你什么也不知道，而你的做法又是多么的卑鄙。首先，你该不会设想，我在皮肤科应诊时给一个门诊病人开了吗啡吧？！而且是注射剂？！”

“那么，他究竟是从谁那里得到吗啡的？”

“从我这里。”

“现在，我不能完全明白这是怎么回事。”凯谢吕感到震惊。

“你怎么能明白呢？”尤迪特说，“一般来说，你不习惯明白任何事情。我可以在任何一个咖啡馆给他开处方，他不必为此往诊所跑。”

“还有呢？”凯谢吕感到茫然。

“他总想来。”尤迪特说，“他就坐在那里，坐在那些皮肤病患者中间。真可怕。我弄不明白，为什么？”

一天晚上，在结束应诊之后，尤迪特对药品柜里的药品进行了检查，令她大吃一惊的是，她发现储存在柜子里的吗啡被盗。她必须给药品柜里补充一些吗啡，与此无关的是，令诊所的每个医生都恐惧的事情浮上她的心头：神秘的吗啡瘾者在应诊时间偷走了所需的剂量。医生们并不是总把药品柜的钥匙装在兜里的。开门、关门之后，常常就会把钥匙忘在锁上。每个医生都知道，吗啡瘾者为了给自己搞到药品，什么事情都干得出来。她查看了一下患者的名单，看谁今天下午来过她这里。B

在应诊开始之前曾经找过她。她突然想起来了，她曾经从房间里跑出去过一分钟，因为贝急需一支笔，而她当时没有。她于是决定，B 下次来看病时，要把他一个人留在房间里。从此，她只在合适的时间安排给 B 看病。她总把适量的吗啡放在玻璃柜子里，而每次吗啡都从那里消失了。

这个故事使凯谢吕感到不安。他喃喃自语。“然而这……这太荒诞了。”他说。尤迪特的神情依然严峻。她说，她还能想象出比这更荒诞的事情。

“比这更荒诞的？”凯谢吕喊道，“什么？”

“比如，把他登记在册，让他在区诊所同那些虚弱的吸毒者一起排队，以便领取国家分配的剂量。这是‘毒品依赖者’应该能得到的。因为，否则的话，我不知道他如何才能搞到吗啡。”

凯谢吕沉默了片刻。他所听到的事情使他震惊。

“他是吗啡瘾者？”后来他问道。

“也可以这么说。他是在某个地方、某个时候开始的。这样，我至少还可以约束着他，我可以检查剂量……”

“你为什么没有说？”

“给谁说？”

“比如给我。”

“如果我说了呢？你会送他去强制戒毒吗？”

凯谢吕沉默了。对于这个问题，他没有准备。

“或者，你让他转而对另外一种毒品上瘾？”尤迪特接着说，一点情面也不留，“一种危害性更大的？”

凯谢吕保持沉默。尤迪特接着说，喏，伟大的道德家。私人侦探。现在把你的耳朵张开，我告诉你一点事情。如果他有能力做到在毒瘾发作时不吸毒，仅仅是为了收集到适当的剂量；如果他还有能力遵守这样的纪律，做到这样的自我克制，那么这就意味着，他有决心做任何事情。凯谢吕是否明白这番话的意思？因为凯谢吕根本就不可能知道，这期间贝需要忍受多么大的痛苦，他也不可能猜想到，缺少毒品对一个吗啡瘾者意味着什么。

沉默。

“因此，你认为，”最后凯谢吕开口说话了，“他在做着准备。”

“是这样的。”尤迪特回答说。

“准备了很长时间，而且是有计划的。”

“应该是这样的。”

“你却没有发现任何反常的地方。”

“没有，因为他每次得到的剂量，总是可以维持到下次看病。甚至，他得到的越来越少，因为我强迫他接受戒毒治疗。”

又是一阵沉默。

“你究竟想听我说什么呢，凯谢吕？”最后尤迪特开口了，“他照样可以收集到吗啡，如果他通过正式的渠道获取……只是他要付出多么大的屈辱……还有，凯谢吕，我干脆就满足你的精神上的需求吧！你知道……如果我真的发现，他最终收集到了足够的剂量，而且他问以什么样的方式……如果他万一请求我提供建议……你懂我的意思吗？即使在这个时候，我也不能给他更好的建议，因为这是最简单、最温和的……如果现在你有那样的愚蠢问题要问，比如我是否问心无愧，那么……”

但是，尤迪特未能把自己的话说完。她突然崩溃了，从表面上看，她的行为前后矛盾，因而这就更令人吃惊了。她把脸埋在手里，痛哭使她的身体在颤抖。她可能把什么东西塞进了嘴里，也许是一块手帕，现在从这件东西的后面发出窒息的、打嗝一样的声音，凯谢吕无能为力地、绝望地试图让她镇静下来。

“我们走吧……我们走！”尤迪特说。

他们站了起来。凯谢吕付了咖啡的钱。然后，他抓住了尤迪特的胳膊。

我径直把她带到家里。我指的是带到我这里，而且是以最自然的方式。没有任何卑鄙的杂念。我还能把她带到哪里去呢？她跟我来了，没有提出任何异议。我问，我能不能为她做点什么。她要不要整理一下自己的思绪，想不想喝点什么。

“喝什么？”她问道。

“啊，比如喝伏特加。”

但我看到，她没有十分注意我在说什么。她在研究房子。

“你还一直住在这里。”她说，“什么也没有改变。也许，自那以来，这里从来也没有粉刷过。”

“没有。不过，是应该粉刷了。”我匆忙说，“你快坐。”我鼓励她。

“坐到这里吗？”她问道。她站在一张沙发旁边。面带微笑。我为了保持平静，于是想到，任何地方都有一张沙发，或者一张长椅，任何地方都有一件家具。我又一次问她，想不想喝点什么。

她坐到了沙发上。陷入沉思：

“伏特加。樱桃酒。混合果酒。”她列举着，脸上充满幻想。

“英雄的时代。”我试图幽默一下。她没有回答。她突然变得和蔼起来，充满了人情味：

“你在这里生活得怎么样，凯谢吕？”她问道。她总是称呼我的姓，从前我非常喜欢她这么称呼我。

“就像美国低俗小说里的私人侦探一样。”我努力变得风趣一些。

“私人侦探是怎样生活的？”

我沉思这个问题：

“孤独地生活。经常性地等待着机会。”

“你在等待什么样的机会？”

“我？我至多只等待那些我可能会错过的机会。”

她笑。

“爱情呢？”后来她问道。

“你别傻了。”

“女人呢？”

“有时是职业妓女。有时是一个懂文学的妓女。有时，是两者合为一体的妓女。”

我的心里又开始充满冰冷的恐惧。我同谁在这里说话？关于什么？这段对话是可怕的、痛苦的、丢脸的和令人无法忍受的。

“我们喝点什么吧！”我终于提出了建议。我站了起来，在柜子里翻找着。“家里只有伏特加。”我通报了结果。奇怪的是，在听到这个消息后，她的脸色突然变了；可以说，她就像一个突然变清醒的人一样。

“我已经好久不喝伏特加了。”她心情非常不好地说。于是，我问：

“那么你喝什么？香槟？”

“可以。”她回答道。

“尽可能喝上等的。”我说。

“喝多姆·佩里尼翁。”她表示赞同。我们沉默了片刻。

“这是假的，凯谢吕。”她又说话了，“我明白你在玩什么把戏，但你找错了对象。我的丈夫是建筑师，收入不错，我们生活得很好。但这不是事情的本质。根本不是。”

“你在说什么呀？”我问道。我感到了绝望和自我迷失的意识是如何在我身上膨胀的。

“我不知道，可不可以说出来。”这期间我听到了她的声音，“在这里，在这张椅子上。”

“你说出来吧，尤迪特。把一切都说出来。”

“我不知道，你是否将因此恨我。”

“如果是这样呢？……不都一样吗？”

“我不知道，这会不会把我同人们隔离开来。同所有的一切隔离开来。同整个世界隔离开来。”

“你要为它感到高兴。世界是丑恶的。”

“我不知道……把一切都考虑进去……我不知道，这是不是罪恶。”

“现在我已经感到好奇了。你快说出来，尤迪特。”

她还是让我等了一会儿。

“我是幸福的，凯谢吕。”她后来轻声地说，这仿佛是密友间的表白，但却不是对我说的。当她把话说完时，我感到我的一切都被剥夺了。我所有的东西都被人拿走了，尽管我什么都没有。

我就因此而失去理智吗？我只记得某种热烈的混乱、狂暴、搏斗和身体的热度。我一只手的手心里是她的乳房，另一只手的大拇指透过衬衣抚摸她的阴蒂。最后，我意识到什么也没有发生。我手里握着的是一块木头，一只玩偶，一具死尸。我只是现在才恍然大悟，我在做什么。

我放开了她。

我们沉默不语，就像人在体验到羞耻之后的沉默一样。

我咕哝了一句对不起之类的话。

她说：

“我知道，在没有结果的情况下，这个词我是不可能说出口的。”

然后又说：

“仅仅出于怀旧，或者从前的友情，我是不会同你睡觉的。”

然后又说：

“我爱我的丈夫。自从我爱上他以来，我也爱我自己。”

这期间，我们忙着穿衣服，差不多背对着背。如果我记得没错的话，我又一次原谅了自己。

“我的心里全是从前的感觉。”我说。

她正在往嘴上抹口红。她把小镜子举到面前。有一瞬间，我有了一种被欺骗的感觉，我们还是做过爱了。显然是因为口红的缘故。从前，在我们幽会之后，她总是往自己的嘴上抹口红。

“那个‘从前的感觉’是什么样的？如果需要准确界定它的含义，你会怎么说？”她一边问，一边朝镜子里做了个鬼脸。

“疯狂。癫狂。但是癫狂中的一种，我还是把它叫爱情。”我回答道。我自己也对这些词语缺少内涵而感到吃惊。我突然感悟到，我们的处境有多么的荒诞，我们的经历，如同所有人的经历一样，无法解释，无法挽回。它过去了，飞走了，消失了，我们同它不再有任何关系，正如我们同我们的生命也几乎没有关系一样。我想到，唯有写作才能恢复这个过程，恢复我们的生命的完整性。其实，我们之所以在这里，就是我想搞到B的消失了的小说。

这时，我只是从十分遥远的某个地方听到了她的话语：“你抛弃了我。你签约去了外地的一家学院教书。连你的地址也对我保密。”

事情确实如此。只有这样，我才能摆脱这种关系，这种关系既给我带来了许多快乐，也给我带来了许多痛苦。当我惊恐地看到，她的手已经放在门把手上时，我迅速而又随意地问了一句，警察局有没有传唤过她。

为什么要传唤她呢？——她感到惊讶，她把手从门把手上取下来。我给她讲了警察的事，我说，如果到现在为止他们还没有找她，现在就可以肯定，他们以后也不会来了；而且没有什么可害怕的，她做的事情——如果没有透露给别人的话——是无法证实的。

我看到，她平静了下来，于是我问她，对于B的自杀，她能否作出某种解释。

“他厌倦了生命。”她思索片刻后，轻声地说。我看到，她的意志动摇了。“反抗消失了，整个世界展现在了他的面前。他已经厌倦了为自己寻找新的监狱。”

是的，这听起来不错。我问她，在B临死之前她是否见过他，或者是否与他交谈过。

她说，都没有。

那么手稿是如何到她手上的呢？——我问。

什么手稿？又是小说？我为什么不愿意相信不存在任何小说呢？

我说，因为它应该存在。

她问我的这种固执从何而来？我为什么不愿意摆脱它呢？

听我说，尤迪特：他是不可能就这样死的。这对其他任何人都可以，而对他却不可以。或者我不相信他死了，或者我不相信他没有在身后留下某种东西。他已经死了，这是事实。只留下了另一个推断：他的遗稿是不完整的。这里面缺少某种东西。一部概括性的著作，一部书。没有它，他是不会走的。不可以假设，一个真正的作家会是如此的业余。

你清醒清醒，凯谢吕。你在说疯话。

我不认为这是疯话。尤迪特，是信仰支撑着我在干这个职业。没有信仰，没有精神上的追求，一名校对会是什么样呢？在这个受到新闻检查的、邪恶的和充满文盲的世界上？谁也不是，什么也不是。只是修改文章的奴隶，在昏暗中工作的修正者。但我相信写作。我别的都不相信，唯独相信写作。人活着的时候，就像苍蝇一样，但在写作的时候，却像上帝一样。从前，人们是知道这个秘密的，今天已经忘记了：世界是由破碎的瓦砾组成的，它没有内在的联系，是黑暗的混沌，唯独写作在维持着它。如果你对这个世界还有概念，如果所有发生过的事情你还没有忘记，那么实际上你的世界是存在的：这是写作为你创造的，而且在不断地创造着，理性宛如看不见的蜘蛛丝，把我们的生命凝聚在了一起。有一个古老的《圣经》里的词汇：文士。人们早就不使用这个词了。文士有别于有才华的人，也有别于好作家。他不是哲学家，不是语言学家，也不是文体家。即使他说话口吃，即使你不能马上理解，你也能立即辨认出文士来。贝就是文士。他留下来的东西是不可磨灭的，因为他是留给我们的。秘密就隐藏在这里。它不仅是他的，也是我们的。另外，他为什么做了他所做的事情。从中我应该知道，我是否应该追随他，或许我也可以选择其他的方式。也许只有几个词需要诠释，但这几个词就是教义，是最终的精华和才智。

教义，精华——我开始害怕你了，凯谢吕。

你有理由这么说，尤迪特。你必须把手稿交出来。我必须阅读它，编辑它，把它呈献给人们。你不可以逃避回答，尤迪特。我会坚持到最后。我甚至会敲诈你的。

你拿什么敲诈？怎么敲诈？

我还不知道，但以后我会想出来的。我将找你的丈夫谈话。

你别这么做，凯谢吕。

喏。你害怕了。

你别破坏我的生活。这样做没有任何意义，况且你什么也得不到。我的家远离……

你说服不了我。你感动不了我。我不惧怕任何事情。我什么事情都做得出来，尤迪特。

是的。我看到了。我害怕你。

我之所以喜欢和你生活在一起，亚当，是因为你对我的性格哪怕有一点点的不习惯，你也能包容我。这一点，看起来，是一切爱情都需要的。

我记得，那天晚上我是如何等候你的。那是一个无风的春天的夜晚，我在阳台上铺好桌子，点燃蜡烛。我已经给孩子们吃了晚饭，并让他们睡下了。不久，我就听到了小汽车的声音。夜是那样的安静，就连车库门口的栅栏升起时发出的轻微的响声我也能听见，然后我又听见了你的小汽车的声音、车门的撞击声、你的脚步声，最后是你的声音：你在呼唤我。我朝你跑了过去，在门槛处，我的鞋跟一下子插进了一个令人难以置信的缝隙里，我差一点儿摔倒。

我还想更清楚地回忆这个时刻，因为它将永远不会重复。

这是那样的奇怪，就像一段爱情结束了一样。突然间，你周围的世界变得暗淡起来，它将是寒冷的、可理解的、清醒的和遥远的。

一个家伙来找过你。他叫凯谢吕。据说，他有非常重要的话要对你讲。他谈到的事情很离奇。他把一份卷宗放在你的桌上，然后就走了。卷宗里有七八十页用打字机打出来的密密麻麻的手稿：有各种各样的正文、简短的笔记和格言。整个下午你都在阅读。好像有什么沉重的东西压在了你的身上。你不再是原来的那个你了；对你来说，我也不再是原来的那个我了。一个不熟悉的世界展现在你的面前，你发现我也是从那里来的。你领悟到，你确实对我知之甚少。也许是出于体贴，也许是出于懦弱，你从来没有带着哪怕是朦胧的善意去追究那些被称为“过去”的破事。我从来没有告诉过你，我还过着另一种秘密的生活。在经历了五年婚姻之后，你应该想到，其实你几乎不了解我。

在这个瞬间，我就已经知道，结束了。一切都结束了，这是我多年来一手构建起来的，我保护着它，照料着它。迄今我一直认为，还没到逃避的时候，我不知道，我为什么会认为逃避是可以存在的。

关于我，你想知道什么？你回答说，一切。我们迄今没有谈到过的一切事情。你还是不知道，该从哪里开始。也许，应该从这个凯谢吕究竟是谁开始。我回答说，他认为他是贝最好的朋友。然而，贝没有最好的朋友，因为他没有时间交友，也不需要朋友。你不喜欢他谈起我时的那种亲密的样子。为什么，他说了什么吗？这无关紧要。奇怪。好像……

是的，我曾经是他的情人。凭良心说，他的内心是十分痛苦的：他欺骗了他的朋友、良师和偶像。对于他遇到的道德问题，我没有表现出足够多的理解：我需要他，就是需要他。在那个时候，有一种热情在驱使着我，我想毁灭我的身体，因为我所爱的人，贝，我的丈夫，那时连碰也不碰我的身体。

我回想起那天上午。清晨，当我醒来的时候，贝，我的丈夫，已经不在我的身边：显然他是在门厅里（人们这样称我们的房子：一个房间，一个门厅），因此他显然是坐在没有窗户的门厅里写作。他总是在写作，或者在翻译，或者在阅读。我常常只能看见他的后背。我拉开窗帘：这是一个阳光灿烂的初夏的早晨，花的芳香从遥远的地方飘进城里。新的一天开始了，它是那样的多余，正如我穿着晨衣站在这里一样多余。一种声音也听不见，一个物体也不移动。我感觉到我必须哭一场。不是啜泣、长时间小声哭、哀怨地哭，不是：号啕大哭，一边流着口水和鼻涕大喊大叫，一边用拳头拍打着墙壁。我突然意识到，在家里我是不可能做这件事情的。房子太小。任何动静都能传出去。我迅速穿好衣服，强忍着不哭出来，然后跑到了街上。在这个过程中，我的眼泪已经流了出来，而且我一直在琢磨着该去什么地方哭。咖啡馆、公共场所想也不用想。在诊所里，我的同事的应诊时间已经开始了。街道上的厕所我不喜欢。我去了一个大的广场，我记得，在有轨电车的两条铁轨旁边，有一段用边石砌成的分界线，这条线把铁轨和街道的路面分隔了开来。由于某种说不清楚的原因，我在这条狭窄的分界线上一直走了下去。许多小汽车在我的脚旁边飞驰而过。是我脚踝扭了吗？还是我突然找到了可能的、最简单的解决办法？我没有摔倒，只是一只脚从石头上滑了下来。在我的身后，响起了可怕的刹车声。透过车窗，我直接看见了司机的脸。他可能是专业司机。他的脸色煞白，眼睛僵直地盯着前方，恐惧凝结在了他的脸上，我突然明白，我使他陷入了什么样的境地：未经请求，我把他变成了我的命运的参与者，在一个看似无辜的夏日的上午，他几乎谋杀了一个人。他没有说一句话，继续开车走了，我也没有说一句话，继续走我的路。后来，我发现我走进了一道楼梯。我上了楼，摁响了一户人家的门铃。我是有运气的，有人把门打开了。从严格意义上说，我把惊愕万分的凯谢吕推到了一边，径直扑向一张长沙发椅，然后趴在上面开始号啕大哭，我一边没有节制地大喊大叫，一边用拳头不断地拍打着沙发椅。在我的视线的边缘，我看见了凯谢吕无声的、一动不动的影子。后来，他来到我的身边。他开始盘问我。然后竭力地安慰我。后来，我们就睡在了一起。令我感到吃惊的是，我怀着松弛的心情，使自己达到了高潮，而且几乎是大喊着接受了它，而在其他的时候，我从来没有这样过。我第一次欺骗了贝。这也是解决办法，尽管可能并不是最简单的，也不是最完美的。

“你爱他吗？”

“这个我没法回答，亚当。我肯定爱过他，也肯定恨过他。但这并不重要。不是爱，也不是不爱：是其他种类的纽带把我们联结在了一起。”

“哪种？”

“许多种。你一种也理解不了。”

“你和他会过面，是真的吗？”

“是真的。”

“许多次？频繁吗？你也和他睡过觉吗？”

“不。假如我和他睡过呢？这会意味着什么吗？”

“是啊。这会意味着什么呢。”你咕哝着。你的眼中闪过一丝敌意。自从我们相识以来，这还是第一次。我感到难过。你说，你想认识他。那你就去认识吧！但别想让我帮你。

这期间，你冷静了下来。我们来到起居室。我喜欢我们的起居室，亚当。尤其是这样，在晚上，当起居室沉浸在精巧的灯具散发出的柔和的光里的时候。我请求你把阳台的门关上。我感到冷。你说，你可以把火点燃。壁炉已经准备好了。我回答说，你点吧！让它燃烧吧！我想喝一杯饮料。要烈性的，白兰地。你在酒柜里翻找着。看样子，白兰地已经喝光了。那么就喝伏特加。芬兰产的还是俄罗斯产的？俄罗斯产的，只要俄罗斯产的。我们碰杯。好像你已经平静了下来：

“这个人断定，有一份手稿……一部小说……”你说。

“没有。”我说。

“他断定，有……”

“曾经有过。”

“一部小说？”

“就算是吧！凯谢吕愿意把它叫小说。”

“他也是这么说的。他说，这部小说是他在自杀前完成的，而且交给了你……”

“是的。这是真的。”

“这么说，它还是存在的！”

“已经不在了。”我说。

“那么它在哪里？”

“被焚烧了。”

“被焚烧了？”你惊愕，“在哪里？”

我手指壁炉：

“在那里。”

“是你焚烧的吗？……”

“是。”

你等待了片刻，你期待着我再说点什么。我什么也没有说。你应该看到，我不想提供解释。结果你还是问，我为什么焚烧了那部小说。我回答说，因为他请求我这么做。你说，这个原因是不充分的。你在暗示，艺术家们把这样的遗嘱留给继承人：他们要继承人把他们留下来的作品焚烧掉，而实际上，他们根本不要继承人这么做。

“他要。”

我想让你相信我说的话。

“那么，他为什么不自己焚烧呢？”

“因为他要我焚烧。”

“如果你不这么做呢？也许，这正是他委托于你的原因……”

“他之所以委托给我，是因为他肯定知道，我会这么做的。”

“他从哪里知道呢？”

从我们的秘密誓约。我们的关系是完整的、严肃的和圆满的。我没有把这个告诉你。即便是这样，我也足够让你震惊。我重复了一遍，这是贝最后的愿望。我承认，这个解释有一点儿站不住脚。

但你为什么需要解释呢？你为什么要自寻烦恼呢？你为什么流露出那样一副表情，好像要追究责任？你忧心忡忡地问，我害不害怕毁掉某种重要的、有价值的东西。你承担了保护贝的工作，而且针对的是我，这有些奇怪，非常的奇怪。我知道，是什么在引导着你：你的旗帜，责任感。我什么也不能为你做，亚当，什么也不能。我从来没有发现你笨拙、迟钝、愚蠢。我看到的你总是处在最佳状态，我也一直在留意观察，发现我只能在最佳的状态里看见你。在我的记忆中，有一千件、一万件关于你的往事。的确，我总能感觉到，你的温暖的手就在我的背上、肩膀上和我的身体上。一天晚上，你带我去了医院。我们查看我们的孩子们睡觉睡得怎么样了。我和你躺在床上，我的眼睛因幸福而变得蒙胧起来，我的头就枕在你的肩膀上。我喜欢看你打网球，喜欢看你站在绘图桌前，歪着脑袋研究正在成形的设计方案。我爱你。几乎使我绝望的是，你现在陷入了如此不公正的境地。我玩弄了你，就像猫玩弄了老鼠一样。你要相信，并不是因为我喜欢这样，而是因为你踏进了我的秘密领地，在那个地方，只有我才能辨清方向。

你问我是否读了一遍，然后才……

“……扔到火里。”我替你把话说完。我读过了。

它怎么样？

你这是什么意思？

你陷入窘境：

“啊……是好还是坏？”

“就一部小说而言，好或者坏意味着什么呢？况且，他自己从来没把它叫小说。”

“那他把它叫什么呢？”

“手稿。我的著作。”

“它讲的是什么内容？讲的是什么故事？”

我犹豫了。后来，我还是开始了讲述：

“讲的是一个男人和一个女人斗争的故事。起先他们相爱，后来这个女人想给这个男人生个孩子，而他却从未宽恕这个女人。他用各种各样的办法折磨这个女人，以便瓦解并破坏她对人类建立起来的信任。她陷入了严重的心理危机，并开始寻求自杀。当他发现这个情况后，他自己代替这个女人自杀了。”

你沉默了。后来你问，这个男人为什么要惩罚这个女人，仅仅是因为她想要一个孩子。

“因为她不可以要。”

“为什么不可以？”

“因为奥斯威辛。”

你好像悟到了什么。你问，这个故事是不是有一点儿像我和贝的婚姻经历，至少是以你从我这里了解到的情况为基础的？我回答说，不，我从来没想过自杀。这时，你又问，我能否确信没有误解贝的意图。你说，作家们有时之所以“使自己陷入最深的绝望之中”，目的就是他们要自己去克服它，然后继续往前走。

“然而贝自杀了。”我提醒你。

“没错。”你表示承认。

“再说，贝从来没有把自己当成作家。”我说。

我看到，这让你大吃一惊：

“可是他写了……”

“因为这是他唯一的表达工具。他总是说，一个人真正的表达工具就是其生命。经历生命中的耻辱并保持沉默：这是最大的成就。这句话他不知道说过多少遍了，简直到了不厌其烦的程度。”

手稿是怎样到我手上的？——你想知道。

他给的。

在哪里？

在他家里。

你没有失去理智，你在极力克制着自己。你断言，我经常去他那里因而是千真万确的事了。这不是真的。但现在是他邀请我，我才去的。他微笑着说，我是第一次看见他的混凝土囚房。房子非常的简陋。但在桌子上的一个花瓶里，我看见了沙劳的鲜花。我把我带来的鲜花插到了那些花的旁边。我说，我看到沙劳的鲜花很高兴，沙劳会好好照顾你的。他微笑了。他打开一个柜子，从衬衫下面取出一扎文稿。“以后，你读读这个。”他说。“这是什么？”“你习惯怎么说来着？对生活的控诉。”他又微笑了。在这个世界上，谁也没有过如此凄惨的微笑。我谨慎地把话题引到戒毒治疗上。他没有反对：“这件事以后我们再谈。”第二天上午，邮局送来了他的遗书。一切都是预先准备好了的，准确地说，这就像是一个完美的犯罪行为。

然而，我对此保持沉默。这并不是说，你没有权利了解我的一切。我看到，你也受到了某种命运的驱使，亚当，你想把某件事情彻底搞明白，也许，连你自己也不知道这件事情是什么。此后，我们从未谈起过此事，或者即使谈起过，但也总是十分的谨慎，现在，你想同时知道有关贝的一切以及我同他的婚姻的所有情况。正如你所说，你试图想象这个人。你试图想象他所处的环境；还有，我如何能同他生活在一起。我请求你，别这么做。为什么不？我说，因为这是屈辱。在这里面，屈辱指什么？我说，指一个人可以沉落到这么深的地方。这是什么意思？到多深？向下，一直到奥斯威辛的水平；一直到一个人丧失其毅力、意志，放弃其目标，失去自我。

“可你还是忠于他的。”

这是真的。

“为什么？我想知道原因，为什么？！”

是的，有一段时间，这个问题也折磨着我：为什么？我想，这个特别的生活迷惑了我。这是一个特别的词汇，而且找不到另一个可替换它的词汇：迷惑。我受了它的影响。尽管需要时间，但我还是慢慢地意识到了我们的生活在向什么方向发展。正如我在贝送给我的一本法国作家的书里读到的那样，我们开始用尽对抗毁灭的所有可能性。这里面有某种合理性。只需要跨越某一条界线，一个人就几乎获得了解放，但至少是解脱。有一段时间，同贝还是可以进行交谈的。有一次，我们谈到了词汇。我们谈到了词汇和神经官能症。更准确地说，是谈到了词汇恐惧症。他谈到了他自己的词汇恐惧症，在他还是儿童的时候，这种恐惧症曾经折磨着他，后来他有意识地克服了它。他问我，是否也有过这样的恐惧症。在回忆痛苦的经历方面，他有十分特殊的才能。面对他的问题，我无法逃避。突然，当我还是小女孩时的可怕的词汇涌上心头：犹太人的秘密。我总以一种深沉的、沙哑的声音对自己说出这个词汇，说的时候闭着双眼。这是那种召唤性的词，它能使我想起其他的令我恐惧的词汇：奥斯威辛、屠杀、丧生、死亡、幸存。它使我想起了一切，想起了令人压抑的儿童时代，我的儿童时代就是在这些词汇的阴影当中度过的。我的母亲死于某种从奥斯威辛带回来的疾病，我的父亲是幸存者，他是一个寡言少语、孤独、难以亲近的人。我也不知道，我究竟是怎样发展成一个相对健康的女人的。每一天，我都必须为精神的健康而奋斗，目的就是让我自己保持正常。我憎恨我是犹太人，而如果我否认这一点的话，我就更加憎恨了。我同那么多人一样，患上了普通的神经官能症，同他们一样，我也只看到了唯一的出路，这就是习惯它。但在贝的身边，我领悟到这是不够的。他总是说，必须把这条路走完。我自己的路不通向任何地方：你不要看它通向何方，应该看它是从哪里出发的。

因此，解脱的方法在我的心底慢慢地清晰起来。尽管很难，但我认识到，奥斯威辛就是我的未婚夫……遇见贝绝非偶然。好像我早就知道，有一天我必须解开我的生命之谜，唯一的办法就是，我以某种方式经历奥斯威辛。贝也在这里，在布达佩斯，经历着奥斯威辛，当然，这个奥斯威辛与真正的奥斯威辛无法相比，这是一个他自愿接受的、温和的奥斯威辛，进入这个奥斯威辛的人照样会死亡，就像进入真的奥斯威辛一样。在这里，在布达佩斯，除了贝，我不可能同其他任何人一起经历奥斯威辛。无疑，我没有这方面的能力，而他却有。我在煎熬，而他却能保持冷静。有时，他的刚毅几乎把我逼疯。他是激进的，在自我毁灭方面他是无情的，甚至是残酷的。开始时，我心里在想，他没有把才能施展出来是一种遗憾。后来我明白了，他把所有的才能都倾注在了奥斯威辛上面，他是奥斯威辛的生活方式的内行和唯一的艺术家。他感觉到他的出生是非法的，他活着是没有理由的，而他的存在又无法用任何东西证明，除非“他破译出名叫奥斯威辛的密码”。他曾经有过一本英文书，我不知道是从哪里搞到的。同他一样，这本书的作者在署名时也使用了自己当囚犯时的编号：Ka-Tzetnik 135633。书里有几行文字，贝无数次地引用过，以至于我都能背下来：“那些亲自去过那里的人，也不了解奥斯威辛。奥斯威辛是另外一个星球，我们人类，这个地球上的居民，没有办法破译出由奥斯威辛这个词组成的密码。”他还是想破译，为此他拿自己的生命做赌注。但是，他不是想用哲学的方法，也不是想用科学的方法，更不是想用自己的作品去破译。他选择了比这些更危险的办法，他本人也因此变得更加危险，这威胁着每一个人，但主要是我，不，我这样说有失公允，受到威胁的首先是他本人。因为他……我该如何解释呢？他要在自己的生活中捕捉到奥斯威辛，他甚至要在自己每天的生活中都捕捉到奥斯威辛，他就是这么生活的。他要亲自记录——他喜欢这个词汇：记录——各种毁灭性的力量、继续生存的强制措施和适应机制，这就像古代的医生们给自己注射了毒品，以便亲身体验毒品的效力一样。

有一天，我吃惊地发现，我放弃了反抗。我说得不对：有一天，我吃惊地发现，我心满意足。我感到震惊，因为我没有任何理由心满意足。我应该明白，我跨越了那一条分界线。我厌倦了生命。我为我年轻的生命而难过，但我不愿意为此做任何事情。我没有欲望，没有目标，我不想死，但也不喜欢活着。这是一种特别的状态，在特别的方式下，它并非不舒适。

在我的心里，生命的本能曾经苏醒过一次。其实，我们是令人难以置信地活着。我们接触的人不多，我们同他们进行着绝望的、“不真实”的谈话。我们生活在大多数人靠饲养兔子和种植蘑菇为生的时代。我的当医生的同事们大多都屈服了。他们每个人都有一辆破旧的小汽车、一个所谓的在外地“茅舍”、几个孩子，还有一个不美满或者美满的婚姻。每三年，他们办理一次旅游签证，兜里揣着几个美元就踏上了去西方的旅程。我鄙视他们。我对我这种特别的被遗弃而感到自豪。一天晚上，在贝的桌子上，我在《希维蒂》[1]和卡岑尼尔森[2]、让·阿梅里[3]、博罗夫斯基[4]的书籍中间，瞥见了一本色彩鲜艳的相片簿。里面有乌菲齐画廊的几幅重要作品，制作非常精美，尺寸也大。还有一本封面是黄色的、被撕坏的书也放在那里，这是瓦莱里研究达·芬奇的专著。所有这些都是他翻译某一部作品所需要的。那天晚上，他谈到了达·芬奇和米开朗琪罗。他说，不可以把他们看作普通人。他说，不能理解他们的著作是如何保留下来的。他说，不能理解任何显示出伟大的东西是如何保留下来的：显然，这归因于无数次的偶然和人们的愚昧。假如人们理解这些作品的伟大，那么他们早就把它们毁灭了。他说，幸运的是，人们丧失了对伟大的辨别力，仅仅保留了对谋杀的辨别力；无疑，人们把后者，即把对谋杀的辨别力已经完全发展

---

① 《希维蒂》(*Shivitti*)，即上文所提 Ka-Tzetnik 135633 所著之书。卡–蔡特尼克 135633（Ka-Tzetnik 135633，1909—2001），原名叶海厄勒·迪努，生于波兰，奥斯威辛集中营幸存者。

② 卡岑尼尔森（Itzhak Katzenelson，1886—1944），出生于白俄罗斯的犹太人教师、诗人、戏剧家，死于奥斯威辛集中营。

③ 让·阿梅里（Jean Améry，1912—1978），奥地利作家，纳粹集中营的幸存者。

④ 博罗夫斯基（Tadeusz Borowski，1922—1951），波兰作家和新闻记者，曾是纳粹集中营的囚犯。1951 年自杀。

成为一门艺术，使其几乎具有了伟大的特征。他说，其实，如果我们好好地研究一下当代艺术，那么我们只能找到唯一的一个艺术门类，它确实已经被发展成为空前绝后的艺术，这就是谋杀的艺术。他就这样继续讲着，一直讲到我的精神崩溃为止，到最后，我几乎已经完全绝望了。

我不知道，第二天我发生了什么事。我记得，那天的天气非常好，窗户上的金属和玻璃在阳光下闪闪发光。在几个咖啡馆前，人们坐在洒满阳光的桌子旁边。我感觉到我周围的世界在笑。我什么也没有想。我径直走进一家所谓的银行的分行，办理了要办的事情。然后，我去了一家旅行社。我订了两张去佛罗伦萨团体旅游的票。那天，贝不像往常那样顾及我的感情。他说，他不理解我的决定。他问，我没有感觉到这个决定、这个做法、这个企图的荒谬吗？他不理解，我是如何想象他离开桌子，同一帮白痴一起去佛罗伦萨旅游的。他不理解，在佛罗伦萨他有什么事情可做。他不理解，我是如何想象他在佛罗伦萨的情景的。他不理解，我是如何想象佛罗伦萨的。他不理解，根据我的想象，对他，对贝来说，“佛罗伦萨”这样一个实体其实是可以存在的。即使这个所谓的佛罗伦萨存在，它也不是对他，对贝而存在的。甚至，佛罗伦萨对佛罗伦萨人来说也是不存在的，因为很显然，佛罗伦萨人很久以前就已经不知道佛罗伦萨意味着什么了。对佛罗伦萨人来说，佛罗伦萨不意味着任何东西，正如对他，对贝来说，它也不意味着任何东西一样。他不理解我的大的、不可宽恕的错误：我在做这件事情时，对我来说，好像这个世界不是凶手们的世界，而且我想非常舒适地安居其中。他不理解，今天一切都是凶手们的，而我想象中的佛罗伦萨却不是凶手们的佛罗伦萨。如此等等。在他还没有完全让我绝望之前，我直截了当地向他提出了一个问题，他想不想同我一起去佛罗伦萨。他十分惊愕：到现在为止，您在说些什么呀？——他问道。我说，总之，你不去。他说，总之，不去。我说，那我就一个人去了。他表示知道了。但我看到，他很震惊。在接下来的几天里，我不止一次地发现了他的一个犹犹豫豫的动作：好像他还想说什么。但后来他什么也没有说。实际上，我们说不了几句话。我们总是使用最客观、最必需的词语。后来，我就收拾好行李去旅行了。我自己也不知道为什么。对于这次旅行，我一点儿兴致也没了。不是别的，是倔强的性格在驱使着我。

在这次旅行中，我认识了你，亚当。你后来说，实际上，我让你绝望，因为在你看来，我根本就没注意到你。我怎么能没注意到你呢？我看到了，你对我产生了兴趣。有一次，你找了一个借口，在旅馆的前厅同我攀谈。还有一次，你在汽车陡峭的台阶旁对我献殷勤。在谈到一幅油画时，你发表的评论很诙谐。我下定决心，如果你再一次和我攀谈，我将直截了当地告诉你：亲爱的网球冠军（在你身上能看得出来，你喜欢打网球），别费口舌了，我不是随便跟人上床的女人。这并不是因为我不喜欢，但遗憾的是，我没有情欲。正如人们习惯所说，我性冷淡。

你的信还是感动了我。当我还是少女的时候，只收到过一封情书，此后就再没有收到过。你非常谨慎地把信寄到了诊所。头几行文字流露出来的情感就深深地打动了我，你写道：在你的生命中，你还从来没有见到过如此不快乐的女人的脸。我看起来是那样的不快乐，以至于——请我原谅你的坦率——这已经引起了人的情欲。你写道，你越来越只幻想我的脸，“这张没有光泽的、紧张的脸”。或许你能使这张脸上的表情发生变化，使它突然间对什么事情产生兴趣，使它第一次露出微笑。“我努力想象这张脸在快乐的瞬间会是什么样……”——你看，你的每一句话我都记得。我把信放进我的抽屉里，抽屉里凌乱不堪，装满了药方、名片和其他的纸张。

我没有把你当一回事，我怎么能把你当一回事呢？因为你能给我提供什么样的机会呢？情人我已经不需要了，好朋友我更不需要。自打我从佛罗伦萨回来后，贝已经几乎不和我说话了。也许说来奇怪，但这件事本身还根本不足以促使我改变自己的生活。因为，这一点我一直看得很清楚，我不能怪罪贝；终究，我没有同他订立一份那样的婚约，规定我们要过幸福的婚姻生活。我感到我的生活是那样的自然，我在贝的身边迷失方向也是那样的自然，以至于这几乎使我骄傲了起来。在这个婚姻中，我的精神在崩溃，我的生命在逝去，我在毁灭，而这一切都是那样的自然，以至于我从来就没有想过，我还可以做出别的选择。我为何要对毫无问题的生存、简单的成功故事、井然有序的环境、合乎体育道德的生活、热爱职业感兴趣！我承认，我深深地鄙视你。

我不知道，我是什么时候发觉自己的心里发生某种变化的。也许，是你的持之以恒促成了这种变化。你一次又一次地出现了；你打电话；你在诊所前的街道上等我。我试图避开你，让自己拒绝你，但没有用：你总是又一次出现在那里，你的脸看上去总是让人可以信赖，你的微笑总是略带歉意。每一次，只有你的领带在变化。一天晚上，我还是同你一起走进了一家咖啡馆。一天上午，我突然吃惊地发现，我正站在一个橱窗前，眼睛盯着里面的领带。

我突然敞开心扉，向你尽情倾诉，对此我没有做任何准备。晚上，我很晚才从你的住所回到家里。贝还在桌子旁边坐着，他正在写作或者阅读，阅读或者写作，阅读并写作——这对我都一样。我问他是否感兴趣，我现在每天晚上都上哪里去了。他没有回答。于是，我以自己的方式对他表示感谢。我已经记不起来我是怎么说的。我感谢他，说通过他我理解了所有的一切，这一切是我通过我的父母、我的家庭和遗传给我的可怕的性格而无法理解的，我也不敢去理解。现在，我已经理解了所有的一切，在我的心里答案已经准备好了。我对他说，你肯定是对的，贝，这个世界是凶手们的世界，但我还是不想把这个世界看作凶手们的世界，我想把这个世界看作是一个可以生活的地方。他接受了我的说法，并放我走开。但在我们中间，好像有一个，而且是一个十分关键的问题没有澄清。我无法说清楚，这个模模糊糊的问题是什么。但我们中没有一个人问心无愧。好像我们俩都感觉到了：我们还相互欠对方什么东西。

但在你的身边，我的心情平静了下来。我学会了忘记。我学会了一起生活——不只是同你，而且也同我自己。也许你还记得，那天晚上，当你问我焚烧手稿的力量从何而来时，我是怎么回答的：

“你将会对我的回答感到吃惊，亚当。是你给了我力量。是你，还有孩子们。”

事情就是这样。遗憾的是，你撕毁了我们的协议，亚当。遗憾的是，你撕毁了我们的幸福。

我还必须说一件事，关于这件事，我更愿意保持沉默。也许你还记得，我曾经去克拉科夫参加过一个皮肤病会议。那时，贝的手稿就已经到了我的手上，但我还没有履行他的委托。我想，我应该先亲眼看一看奥斯威辛。这次会议，主要是它的时间安排，可以说给我发出了信号。你一定知道，在克拉科夫和奥斯威辛之间，人们为感兴趣的游客开通了公交线路。尽管我是想独自一个人前往，但当我在旅馆接待处为自己订票时，被我的一位女同事撞个正着。我无法阻止她以及在她的带动下其他人也参加进来。我很生气，但我想，到了现场以后我再摆脱他们。我很难容忍他们在汽车上的闲聊。最后，我们抵达一个地方，进到了一个展馆里，这个展馆使我想起大型浴场的售票厅。用世界上所有语言印刷的说明书摆放得到处都是。有关团体优惠的说明也是随处可见，等等。透过后面的玻璃墙壁，灰色的石头营房映入眼帘，这就像是许诺一样。狭窄的走道上挤满了人。女人，男人，儿童。太阳从薄薄的云层后面照射着，天空一片灰色。我们买了票。我开始有了一种做事情将要失败的预感。一切都在这里，我从照片上对这一切已经非常地熟悉了。写在大门上的文字，在弯曲的混凝土柱子间紧绷着的有刺铁丝网，用石头建成的平房——这一切给人一种不真实的感觉，看起来像是原件的复制品一样。我无法适应这种气氛，尽管我为此做了好多天的准备。我有了一种好像是走在户外民俗博物馆里的感觉。一个邪恶的念头浮上我的心头：身穿条纹囚衣的群众演员马上就会出现。我看到了精心陈列在这里的皮鞋、箱子、堆成山的人的头发，而我却没有同它们建立起亲密的关系，我没能把它们视为我自己的皮鞋、我自己的箱子和我自己的头发。在我的身后，目瞪口呆的人们偶尔会把我挤来挤去，其他的时候，同事们接连不断地出现在我的身边，其中一些人会和我攀谈。有人问，这里是否允许吸烟。一位老妇人泪流满面。人们交谈的嗡嗡声一刻也不见减弱。我身边的一位同事说："应该去比克瑙，那才是真正的地方。""比克瑙"是什么东西呀？——另一个人问道。我尽力脱离我们这个团体，但他们总是能追上我。有人提醒：我们可别赶不上回去的汽车。我心想，我不能就这样回去，因为我什么事情都还没有干呢。这是那样的一种想法，它有时会在我们的梦中萦回，当我们听的时候，我们却理解不了词语。但我应该干什么事情呢？我不知道。我想，我来这里是一个错误，一切都是错的。在我们返回旅馆后，我们的一个同事惊恐地叫嚷说，他的钱包丢了。旅馆的门房说，奥斯威辛到处都是扒手，他们利用的正是参观者被震惊和随之而来的疏忽大意。晚上，我无法入睡，我偶尔会哭泣。

或者是去办公室，或者是上幼儿园：你们都走了。我向诊所请了病假。我点燃了壁炉。从我的房间里把手稿取了出来。在壁炉前的地毯上，我坐了下来。我先是把手稿一页一页地放进去，最后把遗书也放了进去。

没有任何隐秘的动机，没有任何强烈的情感，没有哪怕是一点点的感情敲诈的意图，我请求你，甚至是要求你，销毁这份手稿，就像是销毁一封发自来世的私人信件，这封信既没有写信人，也没有收信人。我的这个愿望并不轻率，我有的是时间去仔细考虑，因此请你把它视为最终的和不可更改的。请你把它扔进火里，让它燃烧，因为通过火，它将到达它应该到达的地方……

我一刻也不觉得自己孤单。似乎我们在一起望着火。

我的想象力不足够的丰富，我的工具不足够的多，而且使我得不到安慰的是，其他人也没有找到工具……但我至少知道，我们唯一的工具同时也是我们唯一的财产是：我们的生命。

我理解了，他的每一句话我都理解了。

你必须焚烧这份文稿，在这里面，我把我们悲惨而短暂的经历交给了你：通过我，奥斯威辛给你——无辜且没有关于奥斯威辛的知识——造成了最深的伤口。

是的，我必须接受他交给我的事情；这个奉献给了奥斯威辛的生命不可能不留下痕迹就凋谢。

文稿在火焰中炽烈地燃烧着：

……在这个经历了时间考验的、赎过罪的授权的基础上，为你，唯独为你，我收回奥斯威辛……

凡是存活下来的人，都是有罪的。但我将忍受这个伤痛。

（亚当和尤迪特的别墅的起居室。灯还在亮着，尽管在宽宽的玻璃窗外天已初亮。通向花园的玻璃门是关着的。壁炉里是奄奄一息的余烬。

亚当和尤迪特。他们已经困了，看得出，他们一夜没有合眼。

长时间的寂静。

现在，尤迪特起身，一声不吭地收拾烟灰缸和杯子。）

亚　当　这个故事也可以用另外一种方式来讲述，尤迪特。

尤迪特　（停下来）什么方式？

亚　当　它是怎么发生的，就怎么讲。

尤迪特　你的意思是说，我在撒谎？

亚　当　你肯定没有撒谎。我专心地听了你的讲述。可以说你的每一句话我都记住了。你讲述了一个添加了奥斯威辛色彩的爱情故事，尤迪特。

尤迪特　（惊愕地）“添加了”奥斯威辛色彩？！……你这是什么意思？关于奥斯威辛，你能知道什么呢？

亚　当　凡是能读到的，我都知道。但关于它我还是什么都不知道，正如你也不可能什么都知道一样。

尤迪特　这不是一码事。我是犹太人。

亚　当　你这等于什么也没说。每个人都是犹太人。

尤迪特　你让我感到震惊，亚当。你谈吐诙谐，就像个哲学家。我从来没有想到，你……比如，在读有关奥斯威辛的书。

亚　当　自从认识你以来，尤迪特，我从未间断过。一本接着一本。在我的办公室里，你可以看到我收集了大量的关于奥斯威辛的书。应有尽有。

尤迪特　你从来没有对我说起过这个。

亚　当　没有，因为我看到你在逃避。只是我不知道，其实你是在逃避爱情。你同我生活在一起，但你在你的梦中，同他一起在欺骗我。

尤迪特　原来是这么回事。你在嫉妒一个死去的人。

亚　当　有可能。但用别的方法，我理解不了你。我不明白，是什么在操纵着你们。他写完了一部忏悔的作品，然后他却把它连同自己一起判了死刑；如果我没有理解错你说的话，那么是你执行了这个判决，并由此体验到了某种神秘的结合在一起的感觉。

尤迪特 现在也许你理解了？

亚　当 我至少看了十五本关于躁郁性精神病和妄想狂的书。

（长长的寂静。）

亚　当 奥斯威辛谁也不可能收回，尤迪特。谁也不可能根据任何授权收回。因为奥斯威辛是不可收回的。

尤迪特 （更加绝望地）我去过那里。我看见了。奥斯威辛是不存在的。

亚　当 （走到尤迪特身边，紧紧地抓住她的肩膀）我有两个孩子。两个有一半犹太人血统的孩子。他们还什么都不知道。他们在睡觉。谁将给他们讲述奥斯威辛呢？我们两个人中谁将告诉他们，他们是犹太人？

（长长的寂静。亚当紧紧地抓着尤迪特的肩膀。）

尤迪特 （声音很低，几乎是在恳求）如果我们不告诉他们呢？……

幕　落

在一堆手写的创作笔记当中，凯谢吕还找到了另外一个更激进的结尾，这个结尾是用自由诗的形式写成的，尽管它产生的时间显得更早一些，但它也只是反映了最终选定的结尾的最原始的风貌，而不可能是真正可供挑选的结尾之一：

亚 当

他扼杀了你肚子里的孩子

你扼杀了他的书

你用火焚烧了它就如同在奥斯威辛一样

人们说正当的报复也许是潜意识的

我不盘问你们中哪一个是凶手

但搞明白是可怕的

我只是现在才开始看到并理解

我理解了动机

我理解了恐惧

我理解了躲藏

我理解了当犹太人

意味着什么

我理解了判决

我理解了我理解了

尤迪特

你曾是无辜的和坚强的

现在一切都结束了

我知道会是这样的

我将会

被踩进泥里

被压碎

我知道无法逃脱

亚　当

我有两个孩子

两个有一半犹太人血统的孩子

谁将给他们讲述奥斯威辛

谁将告诉他们他们是犹太人

尤迪特

我对你身上的一切感到惊奇

你变得歇斯底里般的懦弱和风趣

亚　当

别让他们从犹太人的口中得知

我将告诉他们

别让他们学会恐惧

尤迪特

可是你已经在恐惧了

我对这个是多么的熟悉亚当

我是多么的不想这样

这就是我同贝的生活

有时他会完全丧失理智

他把头发弄乱大喊活着是耻辱

活着是耻辱活着是耻辱

我也大喊我爱你贝

我大喊你要镇静

活着是耻辱活着是耻辱

爱我吧我恳求……

（她突然不说话了。

一阵寂静。）

亚　当

你的意思是……爱？

尤迪特

这是我们唯一的机会。

亚　当

爱！（他突然笑出了声。）

尤迪特

爱！（她受到了感染，也歇斯底里般地笑了起来。）

（亚当从桌上抓起一件很轻的物品——我们假设，它是一个香烟盒——朝尤迪特的方向扔了过去。

尤迪特也抓起了一个什么东西——我们假设，它是一个坐垫——瞄准了亚当。

于是，一场有点儿怪异、有点儿无情、有点儿危险的杂耍表演在他们之间展开了：这期间，他们争吵了起来，他们的声音忽高忽低，他们的话语充满了感情色彩。就这样，他们互不相让：他们从桌子上、椅子上和其他的地方抓起东西，你朝我扔来，我朝你扔去，于是各种东西在空中飞来飞去。）

两个人

爱！爱？爱……爱。

（他们的声音在飘荡，各种东西在飞舞。）

幕　落

凯谢吕从鼻梁上摘下老花镜，一动不动地呆望着房间里的情景。下午的阳光穿过窗户照进房间，浮尘就像邪恶的细菌一样，在光束经过之处跳着令人作呕的舞蹈。同以前每次拿出这个剧本时一样，现在当他阅读完毕的时候，他仍然有那种被欺骗和被洗劫的感觉。在这些手写的创作笔记中，有一个创作提示，这实际上是一种警告，作家们、著作者们经常给自己确立这样的警告——以书面或者录音带的形式——为的是在写作过程中使自己不要忘记，自己究竟是在写什么。现在，凯谢吕没有把这个创作提示显示在计算机屏幕上，但他已经看过许多遍了，以至于能倒背如流。这段话是这样说的："一个剧本的生存基础是一部小说。一部作品的实质因而就是另一部作品。而这另一部作品——小说——我们完全地不了解。我们对它是那样的不了解，就像我们不了解上帝如何创造天地一样，因此它是那样的模糊，模糊得就如同我们现存的这个世界一样，我们把这个世界也称作现实。我们所经历的只是它微不足道的一小部分，但它却是连续不断的；因为很自然，我们是根据我们现存的这个世界的逻辑在生活。"

然而，由于现有的专制主义的存在，凯谢吕现有的现实居然从他的眼前消失了，他现在正为此感到惊讶，就像他对远处灰尘海草般的漂动感到惊讶一样。灰尘的漂动就像一种超知觉的手语：迷人但无法让人理解。现在，当凯谢吕阅读完剧本的时候，他和往常一样，也向自己提出了一个哈姆雷特的问题，只是对他来说，这个问题不是"生存还是毁灭"，而是：我存在还是不存在。然而，他的世界是手稿的世界，他的生命总是在阅读手稿中度过的，他在围着手稿转，可以说，在他的人生道路上，不管朝哪个方向走，碰到的都是手稿，因此并非完全的不合逻辑，如果他最终是在一份手稿中认清了影响自己命运的因素的话——这份手稿已经被焚烧了。

凯谢吕突然笑了一声，这个短暂的声音现在听起来也更像是干哼，无论如何也不像笑。“喜剧结束了”——这是他后来想到的，也许连他自己也不知道，他是否理解了这个剧本，或许他想的比这个更远一些，他想到了人生，可能还有现实，或者说是所谓的现实。也许，他不该读这个剧本。另一方面，他习惯了偶尔读一读。他不知道这是为什么，但肯定是有其原因的，这个剧本以某种方式使他回想起了美好的时光——现在至少在他看来，似乎美好的时光是曾经有过的。无疑，很久以前，凯谢吕就有过信念，甚至可以说，是他的信念在指引着他的人生。因为现在他又一次不知不觉地站在了窗前，望着那些无家可归者。他想到，很久以前，他是以另外一种眼光看待无家可归者的。很久以前，凯谢吕带着知识分子的傲慢，声言他可怜这些人；他把一堵厚厚的、黏糊糊的同情之墙建在了无家可归者和他自己之间，以显示自己对社会的敏感。他参加过各种运动，这些运动利用了无家可归者，使他们把自己的存在展示为一种丑闻，以反对建立在社会公正的谎言基础之上的暴政存在的理由。

如今，凯谢吕对无家可归者已不再感兴趣。有可能，这一点也把他的注意力吸引到了他们身上，而他又无法抗拒这种吸引力。一方面，他对他们感到有一些内疚，好像在一定意义上，是他抛弃了他们。另一方面，凯谢吕不能否认，他们的游戏和他们的礼节也使他感到愉悦。他们以他们的方式到来。他们以他们的方式欢迎新来者。购物袋。从购物袋里取出来的东西。在长椅上铺开的报纸上切咸肉的油腻腻的手指。大号的折叠刀。瓶子。他们的脸，服装，剧装（我们不妨这么说）。他们的笑声。

在这些冷峻的脸上也经常浮现出生气和愤怒的神情，但凯谢吕几乎从未在他们的脸上看到过悲伤和忧郁，这有时会使他陷入沉思。慢慢地，他意识到这些人没有理由忧郁，因为他们没有记忆——他们失去了它，或者对它进行了清算——因此他们实际上没有过去；说真的，他们也没有未来。他们生活在持续不断的现在的一种状态之中，在这种状态中，唯有存在作为直接的同时也是唯一的现实可以感觉到——它要么表现为烦恼、贫穷，要么表现为躲避它们的短暂的快乐的各种形式。他们是没有经历的人，这个想法唤醒了凯谢吕的同情心，但他却没有表露出来。他当然知道，他们每个人都有自己悲伤的经历，正是这种经历才使他们落到今天的地步；但凯谢吕的想法是，既然他们已经到了这步田地，那么这些经历很早就失去了它们的重要性（假如这样的经历可以有其重要性的话）。

自从凯谢吕摆脱了他多余的情结，他对无家可归者的思考无疑就更直接，也可以说是更人道了。除此之外，他从来不可能完全排除，在一个阳光灿烂的日子，他也会坐到长椅上，成为他们中的一员。凯谢吕心想，这一天不是今天，也不是明天，但也许就是后天。这为什么不会发生呢？凯谢吕没听说过有那样的法律，同时也不认识那样的一个人，他或者它可以保护他或者想保护他，使他不会落到这样的地步。

这个一点儿也不能使人高兴的想法在凯谢吕脑子里出现并非没有根据。他记得，今天早上在最初的时候，可以说，他想“工作”：两份手稿就放在他的桌上，等着他去编辑。但在修改头几页的时候，他就有了一种沉重的厌倦感。凯谢吕迟早将不得不发现，他已经无法忍受他的职业。他简直已经懒得去判断，一部书是好还是坏，因为凯谢吕如今对这个问题已经完全地漠不关心，尽管他是靠判断这样的问题而生活的，这是他的职业，如果他继续对这样的问题漠不关心的话，不管是他的生计，还是他的职业，都将不复存在。也许，他的前妻是对的，她在许多年前的一次谈话中建议凯谢吕改变职业。“你不识时务。”他的前妻对他说。凯谢吕同意她的说法，但他流露出不屑一顾和轻蔑的神情，因为这个女人总是对的，凯谢吕因而总是蔑视她。

夜色降临。房间里的光线开始变暗，凯谢吕——就站在窗前——把后背对着房间。只有计算机屏幕上噩梦般的光在昏暗的角落里闪烁；看起来，凯谢吕把关闭计算机的事给忘了。在最后一次执行完一个操作后，他可能把它给忘了，或者他只是暂时停止了使用，现在这台机器以其令人痛苦的固执，朝着凯谢吕后背的方向急促而徒然地闪烁着它的问题：

下一步

取消

（2003 年）

英国旗

“……我们的前面是雾，我们的后面是雾，我们的下面是一个沉陷之国。”

——鲍比奇·米哈伊[1]

① 鲍比奇·米哈伊（Babits Mihály，1883—1941），匈牙利诗人。这句诗选自他的诗歌《在三层楼上》。

几天前——或几个月前——一群朋友曾鼓动我讲述英国旗的故事。假如我现在还是想把这个故事讲出来，那么我就不得不提一提我的一本读物。可以说，是它第一次教会了我对英国旗惊叹不已。我应当讲述我当时的那些读物、我的阅读激情，以及这份激情从何处汲取养分，又取决于什么样的偶然性——如同任何事物一样，随着时间的流逝，我们既能认识其命运的连贯性，也能认识其命运的荒谬性，但无论如何我们会认识我们自己的命运。我应当讲述这份激情始于何时，终于何处，一言以蔽之，我差不多得讲述自己的整个一生。然而，这是不可能的，不只是需要时间，也缺乏足够的知识，因为谁都可以凭借他所掌握的一点点误导人的知识——他认为这就是他对人生的了解——就马上声称自己了解人生，也了解这个对他——尤其是对他来说——完全陌生的过程、进程和结果（出口或出路）。英国旗的故事我想从理查德·瓦格纳开始讲起，这可能是最正确的讲法。尽管理查德·瓦格纳作为一个贯穿始终的主导主题，神秘而安全地经过一条直道把我们引向英国旗，但关于理查德·瓦格纳本人我却应当从编辑部开始讲起。这个编辑部今天已经不复存在，就像很早就已经不复存在的那栋房子一样。在那栋房子里，这个从前的编辑部当时（我说得准确一点：战争结束三年后）对我来说还是存在了相当一阵子的——这里有：昏暗的走廊，落满灰尘的角落，弥漫着烟味的、被光秃秃的灯泡照亮的小房间，电话铃声，吼叫声，打字机速射炮般的啪嗒声，短暂的激动，持续的紧张，不断变换的气氛，然后是不变的、越来越不变的、仿佛从角落里爬出来的、栖息在所有地方的恐惧。很久以来，这个从前的编辑部让人想起那些不太古老的各种各样的编辑部。当时，在令人痛苦的很早的时刻，这么说吧，在早晨七点钟之前我就必须进入编辑部。究竟是怀着什么样的希望呢？——我对我的那群朋友大声地、公开地提出这个问题，于是朋友们就鼓动我讲述英国旗的故事。有一个年轻人（可能有二十岁），由于幻觉的缘故，我们所有的人都对他爱莫能助。我曾经相信并且感觉到，他就是最自我的自我，今天我感觉这仿佛是在电影里，对此可能产生影响的因素是，他自己——或我自己——也仿佛是在电影里看见自己一样。从另一个角度看，这毫无疑问使得这个故事变得可以讲述，不过这个故事同任何故事一样，是无法讲述的，或者说它不是故事，假如我还是用一模一样的方式去讲述的话，我讲述出来的故事可能正巧与我应该讲述的故事相反。这个生命，这个二十岁的年轻人的生命仅仅由言辞表达的可能性维持着。这个生命，带着它的每一根神经和所有顽强的努力，仅仅停留在言辞表达的可能性的水平上。这个生命，用它的所有的力气在努力地活着，打个比方说吧，它与我今天的努力是截然不同的，这样它与我今天的言辞表达也截然不同，这些言辞表达是连续破产的、与言辞的不可表达连续冲突的、与言辞的不可表达——当然是徒劳地——斗争的言辞表达：不，在当时，言辞表达的努力想要达到的目标正是，让言辞的不可表达处于朦胧之中，或者说让本质处于朦胧之中，或者说让在黑暗中进行、在黑暗中探索、背负着黑暗的重量的生命处于朦胧之中，因为这个年轻人（我）只有这样才能度过这个生命。我通过阅读，通过我的生存中这个最表层的需求与世界接触，这就如同穿了一件防护服一样。这个阅读所缓和的、这个阅读所去除的、这个阅读所毁灭掉的世界，就是我的虚假的但却可以单独生活的，甚至偶尔几乎可以忍受的世界。最后，预先就可以看到的时刻来临了，对于这个编辑部来说，它失去了我，也同时失去了……后来我说过，对于这个社会来说也是如此，假如有过社会的话，或者说曾经的那就是社会的话，那么对于这个社会来说，它失去了我。对于这个时而像狗一样哀嚎，时而像饥饿的土狼吼叫，总是想吃到被撕碎的猎物的游牧部落来说，它失去了我。对于我自己来说，我早就失去了自我。对于生命来说，它也几乎失去了我。但在这个低谷——至少我认为是低谷，当时我还没有见识到更低的、越来越低的、甚至无底之谷——言辞表达的可能性还在维持着我的生命，打个比方说，假如我要把这一切写进一部低俗小说的话，我要思考应该怎么写，应该聚焦何处。我是在哪里搞到它的，它的名字是什么，讲的是什么，我不知道。今天我已经不读低俗小说了，我在读一本低俗小说的过程中，有一次突然吃惊地发现，我对谁是凶手根本就不感兴趣，在这个世界里——在一个杀人的世界里——我沉思谁是凶手——每个人——这不仅误导人，实际上让人生气，而且是多余的。然而，这一措辞在当时——也许是四十年前——还根本没有在我的脑子里出现，当时的措辞——也许是四十年前的——不是那种我能看得见好处的措辞，因为它只是事实，是那些简单的——尽管显然并非最不重要的——事实之一，我就活在它们中间，我必须活在它们中间（因为我想活着）：对我来说更重要的是一名主角、一名有冒险职业的男子——也许是私人侦探——的一个习惯，即在他开始干一件非常危险的事情之前，他总是先“馈赠自己”一件东西，比如一杯威士忌，有时是一个女人，但偶尔也会在公路上来一次没有目标的飙车。这本侦探小说告诉我，在酷刑的罕见的间隙，人是需要快乐的：我当时没有胆量这么表达，即使有，也顶多是将其看做罪恶。在这些日子里，在编辑部里各种巨大的危险威胁着我，准确地说：非常无聊但又不算少的巨大危险，每天都有新的，但每天都一样。在这些日子里，在短暂而又无法解释的过度性的停歇之后，粮票大行其道，特别是与肉有关，换个角度看——主要是与肉有关——这完全是徒然的，似乎与肉相关的票据多，而肉的供应量少，肉的供应量理应证明票据发行的适当严肃性。大约就是这个时候，在这个编辑部的旁边开设了——或者说重新开设了——名叫“科尔文”的餐馆，即名叫“科尔文”的百货商店里的名叫“科尔文”的餐馆，在那里（百货商店是外国人的资产，更精确一点：侵略者当局的财产）也供应肉，甚至不需要肉票，尽管是以双倍的价钱供应肉（即这里的要价比别的地方多一倍，如果别的地方也供应肉的话）。大约就在这个时候，假如能预见到编辑部更新的、非常无聊的死亡危险出现在我的面前——多数情况下，其实是以听起来高尚的“会议”的形式，有时我会在这家餐馆预先“馈赠自己”一块炸猪排（非常经常的是，我用的是下月工资的预支款，好像预支工资这种机制当时有段时间是有效的，这显然是某种遗忘的结果，而其他所有的机制早已失效）；不管我要面对多少和何种非常无聊的生命危险，我预先“馈赠自己”的这个意识、我所做的准备、我的秘密，甚至我的自由的意识，都隐藏在不需肉票的炸猪排里以及为此而拿到的预支款里，关于这一点除了我没有人能知道，最多也就侍者知道，但他也只知道炸猪排；最多也就是收银员知道，但他也只知道预支款：那一天帮助我度过了所有的厌恶、所有的耻辱和侮辱。大约在这个时候，每天，从日出到日落的每天转变成了从日出到日落的系统化的耻辱，但至于它是如何变成那样的，这个肯定值得关注的过程的言辞表达——或者一系列言辞表达——已经不在我记忆中的言辞表达之中，因此可能也不在我当时的言辞表达之中。其原因显然可能是——正如我已经提到的——我的言辞表达服务于我对生命的简单实践，服务于我的生命从日出到日落的简单的可持续性，人们将生命本身看成是特定的，如同空气一样，我必须在里面呼吸；如同水一样，我必须在里面游泳。我的言辞表达干脆忽视了作为言辞表达主题的生命的质量，因为这些言辞表达不是服务于对生命的认识，而是相反——正如我说过的——服务于生命的可度过性，即对生命的言辞表达的忽视。大约在这个时候，比方说，国内有几桩官司正在进行，朋友们向我提出了问题。本来，他们鼓动我讲述英国旗的故事，他们中多数人是我从前的学生，因而大多比我年轻二三十岁，当然他们也已经不年轻了。他们提出了急迫的、令人烦恼的、鲁莽的问题，这些问题打断了英国旗的故事的讲述，转移了话题。问题有：我究竟“是否相信”这些官司中罗列出的罪状？“我是否相信”被告们有罪？等等。我回答说，这些问题，尤其是这些官司的可信或不可信的问题根本没有出现在我的脑子里。在包围着我的这个世界里——在这个谎言、恐怖和杀人的世界里，我可以从本质上如此形容这个世界，但我还没有触及这个世界的现实和特性——我的脑子里还根本没有出现：这些官司不是彻头彻尾的谎言，法官、原告、辩护律师、证人甚至被告人自己没有撒谎，在这里面只有唯一一个永远属于刽子手的真理，除了逮捕、监禁、处决、枪毙和绞刑的真理之外，也应该有或可以有别的真理。然而，所有这些都是我现在表达出来的，使用了如此尖锐、如此果断的评价性词汇——好像当时（或者哪怕是现在）就已经存在（或者存在）任何评价的任何坚实的基础。现在，他们在鼓动我讲述英国旗的故事，这样我就不得不从一个故事的角度讲述所有这一切。他们认为有的事情是重要的，这种事情在常识中——在这个已习以为常的错误意识中——后来已受到重视，但在当时的现实中——至少对我而言——只有微弱的或者完全不一样的重要性。这样，在谈到比如这个时候正在进行的官司时，我就不能说我当时可能感受到的某种道德愤怒：我现在不记得我当时有过这样的感受，我也不认为有这样的可能性，只是因为我当时没有感觉到任何的道德——不仅我自己没有，我周围的人也没有——并以这个名义而愤怒。然而，我说过，我以此远远高估、过度解释了这些官司对我的意义——对于一个那样的自我而言，今天我已经是从很遥远的地方看这个自我，好像是从磨损不堪的、抖动的、易断的胶片电影里看——因为这些官司损害了我的注意力，比方说，它们意味着经常性的危险和我的经常性的厌恶情绪的加深，意味着对我自己也许并不直接构成威胁的危险的加剧，如果要运用诗化的语言表达，它们还意味着地平线的变暗，但尽管如此我还是可以一直阅读，假如正巧有什么可读的话（比如《凯旋门》[1]）。这些官司对于我的影响不在道德方面，而是在感知方面，其结果是它们引起的并非我的道德反射，而是感官、神经反射，可以说是情绪反射，就像上面已经提到的厌恶感，然后是惊恐、反感、短暂的怀疑、常见的不确信，等等。比如，我记得，当时是夏天，而这个夏天刚来的时候就热得令人难以忍受。我记得，在这个热得令人难以忍受的夏天，编辑部里有

① 德裔美国籍作家雷马克（1898—1970）于1945发表的小说，描述二战之前德国难民在巴黎的流亡生活。

个人想出一个主意，说是应该让所谓的“年轻的工作人员”参加更高一级的所谓的理论教育培训。我记得，在这个非常炎热的夏天的一个特别炎热的夜晚，这个编辑部的一位主要人物，一位主要的党的人物，一位党的主要人物，一位让公众害怕的人物，一位比主编和责任编辑更主要的和更负责任的人物，尽管就威望而言——如果允许我使用这个海德格尔式的解释的话——是个相当不足的主要人物，他让我们这些所谓的年轻的工作人员参加这个所谓的理论教育培训。我还记得举办讲座的房间，这个今天已经不存在的房间原先被称为“机房”，意思是里面有打字机、像进攻般敲击这些打字机的打字员、办公桌和普通的桌子、椅子、混乱、许多电话机、许多工作人员和许多种声音。如今，这个房间完全变了模样，在这个夜晚，这个房间已经彻底安静了下来，一切问题都得到解决，并且重新进行了布置，椅子上坐上了虔诚的听众和教导他们的演讲者。我记得，阳台的双开门是敞开着的，我是多么羡慕演讲者啊，如同在他的演讲中出现的代表休息的逗号一样，他频繁地、后来可以说是每分钟都到巨大的阳台上去乘凉，他一直走到阳台的最外边，脑袋伸出护栏俯瞰热气腾腾的环形道，而在闷热的房间里的我，也是无数次地怀着渴望的心情，想着在黄昏的空气里也许正在摇曳的路边的树枝、树下漫无目的的行人、对面的西姆普隆咖啡馆和西姆普隆咖啡馆衰败的露台、穿着高跟鞋正哒哒哒地公然走向人民剧院街或马车夫街揽客地点的神秘的妓女们。更引人关注的是，尽管我只是后来才赋予它重要性，在演讲结束后这个面色像煮红的虾一样的主要人物，额头上大汗淋淋，其实他是在颤抖，我当时以为（假如我当时的确认为的话）他因为过度劳累而没有特别急着上街，但相反，他几乎没离开我们，分别同我们几个人谈话，后来我们终于摆脱了他，我也可以走到阳台外面，如释重负地呻吟一声，我也可以眺望下面的街道，正在这时这个主要人物从房子里跨出来，两名凶巴巴的、随时听命的男子立即从街边等候的黑色汽车里跳出来，他们非常热情地也许是有点儿推推搡搡地帮助他坐进黑色汽车。在这个不期而至的寂静中，鬼火般的街灯点亮了。在无法忍受的一天结束之时，这个寂静就像高潮或乐队的休息，在一个短暂的瞬间，打断了这个夜幕降临的城市的喧嚣。我的那群朋友主要由我从前的学生组成，他们一遍又一遍地鼓动我讲述英国旗的故事。我对他们说，你们这些成熟的、有文化的人将不会感到吃惊的，假如你们知道这辆黑色汽车把它的牺牲品带往何处，这个主要人物不断地从阳台上观察那辆等候在下面的黑色汽车，有段时间他希望那辆黑色汽车不是在等他，然而一段时间之后——在演讲过程中——他慢慢地确信，那辆黑色汽车毫无疑问就是在等他，在确信之后他就只能拖延时间，他已经知道他在拖延离开和跨出大门的瞬间；然而，四年、五年或六年之后，在安德拉什、斯大林、匈牙利青年、人民共和国等路①那时还存在的林荫道上，我遇见了一位被打残的、几乎失明的、垂头丧气的老人，让我非常恐惧的是我认出他就是从前的那个主要人物。我不知道还有没有比这更令我吃惊、更令我不舒服的事情。在阳台那一幕情景发生后的第二天，编辑部召开被称为“短会”的紧急会议，在会上我听到了这个昨天还让公众恐惧、享受着公众的尊敬和阿谀奉承的主要人物的比荒谬还要荒谬的事情。他时而像一个惯坏了的孩子歇斯底里般的抽搐跺脚，时而在惊恐中变回人的原始形态，变成一种跳动的变形虫，变成一种像肉皮冻一样的生物，而他在这些形状中被完全遗忘之后会出现令人难以理解的情绪爆发。所有这些荒谬的事情都是昨天还在这个主要人物面前卑躬屈膝、套近乎、阿谀奉承的惊恐的主编和责任编辑告诉我们的。比这个人令人难以置信的断言更加令人难以置信的是他所使用的词语，今天要回想起它们已经完全是不可能而且是多余的：各种各样的指控和侮辱、证

① 安德拉什、斯大林、匈牙利青年、人民共和国等路：安德拉什路是布达佩斯的一条主要街道，1886 年起称安德拉什路，1950 年起称斯大林路，1956 年 10 月起称匈牙利青年路，1957 年起称人民共和国路，1990 年起恢复原名安德拉什路。

实、洗清自己、污蔑、许诺、威胁以及诸如此类的最极端的词汇——在侮辱方面，他不惜使用比如动物的名称，主要是狗一类的食肉动物；在许诺方面，他把最盲从的宗教信仰生活的词汇也搬了出来。现在，我非常好奇的是，这些鼓动我讲述英国旗的故事的朋友，是否能够想象一下这个情景，哪怕是大致地想象也行，我请求他们这么做，因为遗憾的是我自己不具备适当的表现能力和适当的表达方式：无论他们是如何点头、如何努力、如何尝试，我确信他们到最后也没有能力想象出来，根本的原因在于这个情景是不可能想象出来的。不可能想象，一个四十多岁的成年男人，他用刀叉吃饭，系着领带，说着有教养的中产阶级的语言，作为主编和责任编辑要求大家毫无保留地信任他的判断力；不可能想象，这样的一个人，他既没有喝醉也没有发疯，他只是在自己恐惧的泥潭里打滚，在惊厥中公开大喊蠢话；不可能想象，可以出现这样的情况，或者说虽然出现了，但无法想象它是如何出现的；最后，不可能想象这个情况本身、情景本身以及所有的参与者：在大声叫喊的小丑对面是一群神情紧张的人，我们这群人，这些男人和女人，三十、四十、五十甚至六十和七十岁的新闻记者、速记员、打字员等各种专家害怕地、表情严肃地、毫无反对地听着这些带着自我否定的怒火和自我否定的真正的情绪爆发，且否定常识、思考和节制的几乎失去意义的情绪化的词语。我再说一遍：我的脑子里根本没有出现这些词语、这些指控真实或不真实的问题，这些应该是低俗小说里的词语，这些让人想起中世纪异端编年史的指控远远把判断能力抛在身后——因为除了那些做判决的人之外，谁还可以在这里做判决？除了这个可笑的、这个本质上属于儿童情景的事实，除了这个任何人、任何时间都可以被黑色汽车带走的事实，除了这个本质上又是儿童妖怪故事般的事实，我还能感受到什么样的真理呢？我再说一遍：在迷茫的、犹豫的、连续不断的恐惧和连续不断的可笑之间挣扎的二十岁的年轻人（我）仅仅感到，那个昨天在这里还是主要人物的人，今天就已经只配有狗一类食肉动物的名称，而且一辆黑色汽车可以在任何时候把他带到任何地方——就是说他（我）唯独只感到安定感的缺失。现在，在鼓动我讲述英国旗的故事的朋友们面前，我失去理智地宣布，道德（在一定的程度上）也许不是别的而是安定感，也许不是为了别的理由才制造了有安定感缺失特点的状态，而是为了不让道德状态产生：如果我这个在小吃桌边发表的言论，即使是在比文字更深思熟虑的环境下发表的，看起来当然也是非常的肤浅，也许，甚至肯定大部分是站不住脚的。但我依然保留其中的一点，即至少在严肃感和安定感之间是存在密切关系的。关于死亡，假如我们在一生之中都在为之做着经常性的准备，就如同在为我们面临的真正的甚至——实际上——唯一的任务做准备一样，假如我们在一生之中都在强化这个意识，假如我们树立了这个意识——其结果是令人欣慰的，即使死亡并非是解决人生问题的令人满意的答案。总之，这是严肃的事情。但是，砖头偶然掉在我们头顶上并不是什么重要的事情。刽子手不重要。哦，但是，不害怕死亡的人，也会害怕刽子手的。说这么多，我只是想把我的状况、我当时的状况——哪怕不完整地——写下来。至于说我一边害怕一边发笑，这主要是我在一定程度上感到困惑，可以说我陷入了危机，我失去了言辞表达的避难所，也许是随着节奏的加快，我的人生变得越来越无法用言辞表达，其后果是我的生活方式能否继续下去变得越来越难以预测。在这里，我必须提醒一下，作为新闻记者，我把用言辞表达人生作为自己的职业——我必须这么做。不错，用言辞表达人生是对新闻记者的要求，但这早就成谎言了：但撒谎的人实际上在思考着真理。关于人生，我只能那样去撒谎：假如——至少部分地——我了解人生的真理，然而这个真理、这个人生的真理、这个我所度过的人生的真理，不管是部分还是全部，我都不了解。这样，在这个编辑部里，我就从有才能的新闻记者沦落为没有才能的新闻记者。从那个时刻开始——有段时间至少——我脱离了可以用言辞表达以及靠此维持自己生活方式的世界，我周围发生的事情——这样，我自己也像事情一样——被摔成了破碎的画面和印象。但是，摄相机的镜头把这些混乱的画面、声音甚至思想凝结在了一起，而我就一直就是这个镜头，痛苦而又无法消除，但这是一个与我越来越远的我。在所谓的世界历史的大锅里，我们所有人都在里面翻腾，有一次，魔鬼的木勺子又在人肉汤的最下面搅动。在令人忧郁的失望中，在开到清晨的会议上，我发现了我自己，在那里地狱之犬在叫，批评与自我批评之鞭抽打在我的背上，我只是在等待着，等待着门什么时候朝什么方向打开，我会被逐出门外，谁会知道是逐向何处呢！不久，在一个杀人厂房没有尽头的管道下面，我蹒跚在锈色的尘土里，散发着锈铁味的孤独的清晨在等待着我，等待我的还有雾茫茫的白天，那时的意识是迟钝的，所感知到的东西就像金属泡一样冒出来，然后在冒着蒸汽的升腾的物质的锡灰色的表面破裂。我成了工厂的工人：但这至少可以慢慢地重新用言辞表达，即使只能使用探险、无能、可笑和恐惧等词汇，即使用与包围着我的世界有相同本质的词汇，我以此多多少少地再次赢回了自己的生命。也许我还能赢回完整的生命，其实完整的生命也是可能的——但现在，这个生命我已经快过完了，现在这个生命中（我的生命中）剩余的部分，也可以视为已经过完，我要准确地甚至完全准确地表达：也许，完整的生命本来也是可能的。这一点我只是在那时才感受到，当时在写完探险故事之后，我突然发现自己面对的是言辞表达的探险，这让我吃惊，也让我着迷。然而，这个超过我所有探险的探险——正如我预先已经及时说过——我必须从理查德·瓦格纳开始讲起，而关于理查德·瓦格纳——我也已经说过——我则必须从编辑部开始讲起。首先，当我被这个编辑部“录取”时，当我开始日复一日地来这个编辑部上班时，当我从市政厅（因为我被分在这个专栏，即“市政厅专栏”）日复一日地把市政厅新闻甚至报道通过电话告诉编辑部的时候，所有的这些事实我就是这样用言辞表达的，那时并非完全没有根据的是我是“新闻记者”，因为表象和引起表象的活动就本质而言的确允许我这样用言辞表达。在我的人生中，这是幼稚的言辞表达时期，言辞表达不偏不倚，我的生活方式和言辞表达还没有处于无法消除或者只能用激进手段消除的对立状态。我是被一个言辞表达、被一本读物卷入这个职业和这个编辑部的，除了不得不面临所谓的“职业选择”以及无法压抑的愿望之外，我也想从父母亲的折磨和靠学习延长的童年的束缚中解脱出来。我做过葡萄酒和建筑材料的经纪人，这份工作以可笑的成就，甚至简直就是以可笑的结果而告终。这之后，我尝试印刷工作，准确地说就是排字，这也仅仅是让我经受了徒然的折磨和单调乏味，非常偶然——假如这样的事情是存在的，而我自己对此（即偶然）并不相信——有一本书到了我的手上。这本书写的是一名新闻记者、一名布达佩斯的新闻记者的人生。这名游走于布达佩斯的咖啡馆、布达佩斯的各个编辑部、布达佩斯的社交圈，与布达佩斯的女人——准确地说，是两名女人，一名是贵妇人，他只用她的法国香水的牌子的名字来提她；另一名是个姑娘，简单、贫穷、干净，比那位香水牌子的女人好，因为她有灵魂，但天生受压迫，因此她是永恒的，是能引起对贫穷和形而上学内疚的人——保持着关系的新闻记者的人生完全是虚构的和经过造假的，但——根据我今天的回忆——它是用诚实的欲望，因此也是用诚实的、让人信服的力量进行的言辞表达。这本书讲述的是那样的人生、那样的世界，它在现实中从来不可能存在，最多在言辞表达中可能存在。这是那样的言辞表达，我后来为了维持自己的生活方式，我自己也努力去这样表达，这样的言辞表达向难以言表的、在黑暗中进行的、在黑暗中蹒跚的、背负着黑暗重量的人生，或者说人生自己的前面蒙上一层幕布。这本关于这名新闻记者的因此也是关于新闻写作的书，对于灾难时代的新闻写作一无所知，实际上对于灾难也是如此；这是一本轻松的、睿智的书，也是无知的书，但正是这个无知的诱惑反倒成了对我来说具有致命影响的书。也许，这本书撒谎了，但——根据我今天的回忆——它肯定是在真诚地撒谎，而且很有可能，我当时需要的正是这个谎言。人总是那样准确地、毫不拖延地找到自己需要的谎言，就像准确地、毫不拖延地找到自己需要的真理一样，一旦感觉需要真理，即需要清算生命。这本书将新闻写作自身描绘成轻松的工作和才华问题，这完全符合当时我对某种轻松但又有点儿需要智力的生活编织的完全难以想象和完全无知的幻想。一方面我把这本书很快就忘记了，另一方面我又从来没有忘记；我再也没有重读过它，它也再也没有到过我手上，最终这本书自己也丢失在了什么地方，不知何故，我再也没有寻找过它。然而后来，经过小心翼翼的多方打听，我获知这本书只可能是塞普·埃尔诺[①]的一个作品，可能是——尽管这只是假设，但我自己不能肯定——他的小说《喉结》。既然我已经提到了这本书，它几乎是用它那特别果断的表现性的梦深深地影响我的人生，在些微犹豫之后，我对这群鼓动我讲述英国旗的故事的朋友们也提到了这本书的作者塞普·埃尔诺，可我当时并不知道他就是这本书的作者。这本书也许并非他一生最重要的或真正重要的作品之一。那个时候，

① 塞普·埃尔诺（Szép Ernő，1884—1953），匈牙利著名诗人、小说家和剧作家。1935 年发表小说《喉结》。

灾难不仅早就无法否认地可以看得见、就在眼前和显而易见，而且除灾难之外，其他的任何东西都不是能看不见、就在眼前和显而易见。除灾难之外，其他的任何东西都停止运转。那个时候，那些从前的所谓的“文学”咖啡馆和咖啡吧还存在着，当然已经只能是作为灾难咖啡馆和灾难咖啡吧了，在这里只有那些寻求一点点温暖、过渡性家园、过度性言辞表达的幽灵在游荡。有一两次，人们把塞普·埃尔诺指给我这个所谓的“年轻的新闻记者”看。有一两次——也许是两三次——人们也把我这个“年轻的新闻记者”介绍给塞普·埃尔诺（当然，他从来也不记得我已经被介绍给他了），我仅仅就是为了想听到后来变成传奇——不，变成神话的他的介绍：“我曾经是塞普·埃尔诺。”讲到这里，我对这群鼓动我讲述英国旗的故事的朋友、我从前的学生们提议暂停一分钟。因为我告诉他们，尽管时光和岁月在流逝，但这个介绍的形式我不仅没有忘记，反而越来越经常性地想起它。当然，我说过，你们应该亲眼看见塞普·埃尔诺，应该亲眼看见这个老人，在你们可能看见他之前，他曾经是塞普·埃尔诺：这个微小的摆脱了自身重量的老人，仿佛一粒灰尘，灾难之风把他从结冰的街道的这头吹到那头，又把他从一家咖啡馆卷到另一家咖啡馆。你们应该看得见——我说过——比如他的礼帽，这个从前显然被称为“鸽子灰”的所谓的“伊甸礼帽”，现在这顶帽子就像千疮百孔的巡洋舰一样在他的小脑袋上摇晃。你们应该能看见他那身保养得不错的、单调的灰色西装和垂到鞋面的裤腿。那时，我就已经猜测出，在今天已经准确地知道，这句介绍语“我曾经是塞普·埃尔诺”并非这座灾难之城习以为常的灾难笑话和灾难俏皮话，而在当时已公开到来的灾难时期，人们是相信和接受这样的笑话的，因为人们不知道也不想相信别的。不，这个介绍语是一种言辞表达，而且是激进的言辞表达，可以说是言辞表达的勇敢举动。塞普·埃尔诺留在这个言辞表达的渡口，甚至变成了塞普·埃尔诺。就是在这个时候，他就已经只是塞普·埃尔诺了；从前尚且允许塞普·埃尔诺成为塞普·埃尔诺的一切机会均被清算、剥夺和国有化。这简直就是实际的真理状态（灾难）的简明的、浓缩成几个单词的言辞表达，已经与智慧和愉悦无关。这是那样的言辞表达，它不诱惑任何人去做任何事，但任何人对它从来也不可能平静下来，因此它是一个反响颇大的言辞表达，甚至于在同类的表达中算得上是一个作品，也许——我冒险说——可能比塞普·埃尔诺的所有文学作品还将更久地存在下去。说到这里，我的朋友们、从前的学生们发出一阵低语声，一些人对我的观点表示怀疑，他们提出相反的观点，用他们的话说就是，“没有任何东西能代替”他的作品，甚至塞普·埃尔诺现在正在复活，人们现在开始重新阅读并评价他的作品。对于这方面，我又一次不能也不想知道任何事情，因为我不是文学家，甚至我很久以来就不喜欢也不阅读文学作品。假如我寻找言辞表达，多数情况下我会在文学之外寻找；假如我想致力于言辞表达，也许我会克制不让这些言辞表达成为文学性的言辞表达，因为——也许我说这么多就足够了，甚至我的确也不可能说得比这更多——文学遭到了怀疑。必须担心的是，沉浸在文学溶剂中的言辞表达永远也不会赢回其凝练性和生动性。应该致力于那样的言辞表达，这些言辞表达完全包含了生活体验（或者说灾难）；应该致力于那样的言辞表达，这些言辞表达有助于死亡，但也给幸存者留下某些遗产。我没有任何反对意见，假如文学也有能力进行这样的言辞表达，但我还是认为，只有证据才能有这个能力，也许一个默默地过完了的没有言辞表达的生命就是言辞表达。“我之所以来，就是为了给真理作证。”——这是文学吗？“我曾经是塞普·埃尔诺。”——这是文学吗？于是——我现在发现——我与言辞表达的冒险（同时与英国旗）相遇的故事，并非我原先认为的与理查德·瓦格纳的相遇，而是与塞普·埃尔诺的相遇，但无论如何，关于这两者不管是以前还是现在我都必须从编辑部开始。受塞普·埃尔诺的影响而产生的幻想使我进入了这个编辑部——对坚定的幻想总是愿意让步的外部环境也发挥了作用。在这个编辑部，在我的这个时间较短、工作强度较大的职业生涯里，我当然没留下任何精神上的痕迹，不过我走完了那条塞普·埃尔诺所走过的路，即从对智慧和愉悦的无知一直到“我曾经是塞普·埃尔诺”之类的言辞表达；我只在据说从前叫布达佩斯的地方看到了一个变成废墟的城市、在这个城市里变成废墟的生命、躺在废墟上的灵魂和被踩进废墟的希望。我正在这里谈论的这个年轻人——我，也是在废墟中来回蹒跚的灵魂之一，尽管他——我——当时将这些废墟仅仅理解为一部影片的布景，将自己则理解为这部艰涩而现代的、胡编乱造的影片中一个易怒的角色，角色完全基于观众席上看到的幻觉，忽略所有干扰因素（也就是现实，或者说灾难），如此表达：“我是新闻记者。”在下着秋雨的早晨，我看见了这个年轻人，他将雾气吸入肺腑，那样子仿佛是将稍纵即逝的自由吸入肺腑；我看见了他周围的布景、闪着黑光的潮湿的沥青、熟悉的街道的熟悉的拐弯、变宽的拐弯处伸进雾里，披着薄雾的街道看起来就像河流一样；我看见了被雨淋湿的人们，他们和他一起在等公共汽车。我还看见了湿淋淋的伞和贴满彩色广告的木围墙，木围墙挡住了一栋房屋在战争中留下的废墟。四十年后的今天，在这座废墟之上有了另一座废墟，这就是和平的废墟，在战争的废墟房屋之上建立起来的和平的废墟房屋。它是极权的和平的过早腐朽的、被浮尘遮蔽的，被所有的肮脏、偷盗、玩忽职守、无边无际的临时状态和没有未来的冷漠所摧毁的八层楼高的、生锈的纪念碑。我看见了一个楼梯，过不了多久他会匆忙爬上楼梯的台阶，他与那些被错误思想驱使的人有相同的安全感，这个安全感对他——我——说："我是新闻记者。"——言语中带着某种重要的意识，这个楼梯自己也滋养了这个意识，这已经是很久以前就不存在的楼梯，然而它却暗示着明确的现实，即真实的编辑部、已故的新闻记者、从前的新闻写作和它所包含的所有这一切的气氛和现实；我看见了跛足的看门人，所谓的"仆人"，准确地说是编辑部的仆人，这是一个无与伦比重要的人物，仅仅是他所承担的无与伦比的重要差事使他变得无与伦比的重要，他跛着足穿梭于编辑部的办公室之间，以极大的热情把手稿、毛校样送来带去，履行着零碎但不可疏忽的委托，就像是在最坏的情况下也愿意把现金借给他（以便宜的利息）；只是到了后来，他变成了大权在握的、无情的、将傲慢藏在毛皮大衣里的、无法接近的办公室助理，这样的人只能从卡夫卡的小说中，当然还有所谓的社会主义现实中找到。在这样的一个秋日的早晨，不，应当是上午，可能是截稿时的各种嘈杂声慢慢平息的时候，在这个如释重负的、也可以说是因工作而疲劳的时刻发生了一件事，这个编辑部里一位速记员问我需要哪个剧院的免费戏票。这位速记员——今天我还记得，他叫帕斯托尔，尽管他至少比我大五十岁，但我也和别人一样，称呼他帕斯托尔卡[①]，因为他是一个矮小的、特别注意外表的人，他穿高档西装，戴精致的领带，穿法国皮鞋，是那种被遗忘在这里的国会速记员。这是那样的一个时期，国会早就已经不是国会，速记员也不是速记员，这是现成的文本和预制好的、预先理解的及受到详细审查的灾难文本时期：这位速记员有着圆滚滚的小肚子，圆得像鸡蛋一样的秃脑袋，他的脸让人想起精心做熟的软奶酪，小眼睛焦虑地躲在狭窄的裂缝里，这样他尤其受到大家的关照，尤其是因为他耳背，这对一名速记员来说，说得轻一点是自相矛盾的现象，但这座城市就是这样的，甚至在仅隔几条街的地方，在那里的监狱和各种监禁机构里的走廊上，手背在后面、脸朝墙站立的人数已经开始迅猛增长，当灾难法庭喧嚣地做出大量判决时，监狱大墙之外的每个人，而且是不加区分的每个人，都可被视为只是在无限期度假的囚犯。他越来越紧张，担心每个人都知道的他的耳聋可能会偶然被揭穿，另外也许还会让他退休：这位速记员习惯了在这个编

① 帕斯托尔卡，帕斯托尔的爱称。

辑部里登记所谓的工作人员的免费戏票需求以及他们是否有权获得免费戏票。我还记得这个年轻人——我说过，我当时感觉我自己就是他——对速记员的问题既感到吃惊，又感到心情矛盾，因为一方面他没有兴致——我没有兴致——去剧院，完全是因为这些剧院上演的剧目没有意思；另一方面这是实习期结束时有权获得的待遇，也可以说一名新闻记者至此成熟了，好像这些免费戏票仅仅是全权的和有价值的所谓的工作人员才能享有。我记得，有那么一阵子，我们用真诚的、可以说是怀着战友间的疑虑，权衡着各种苦涩的可能性，他，一个微小的简单到只剩下现实恐惧的老人，而我，一个更复杂、更普通的痛苦的年轻人，有那么一个瞬间，我们如此陌生而又如此信任的目光交织在了一起。还有一个可能性：歌剧院。他说，那里正上演《女武神》。那时候，我不熟悉这出歌剧。我根本不熟悉理查德·瓦格纳。我根本不熟悉任何歌剧，我根本不喜欢歌剧——至于为什么不，这是值得思考的，尽管不是在这里，不是在这个我其实应该讲述英国旗的故事的时候。知道我的家人喜欢歌剧这就足够了，这样就更容易理解我为什么不喜欢歌剧。我的家人喜欢的其实根本不是理查德·瓦格纳的歌剧，而是意大利歌剧，我的家人的品味以及忍受能力的极限是歌剧《阿依达》。我是在那样的音乐环境中成长起来的——假如我童年时代的环境能称为音乐环境的话，然而这是我根本就无能为力的，因为童年时代的环境我更愿意称之为随便别的环境，而不是音乐环境——关于理查德·瓦格纳，比如就有这样的言论：瓦格纳嘈杂，瓦格纳难懂；或者，我提一提与别的作曲家有关的言论吧："既然是施特劳斯，那就约翰吧！"等等。总之，从音乐角度和别的角度看都是一样的，我成长于愚蠢的环境中，这不可能完全不影响我的品味。我不敢明确宣布说，仅仅受我的家人的影响，但毋庸置疑的事实是，直到在这个编辑部里我从叫帕斯托尔的速记员手中得到理查德·瓦格纳的歌剧《女武神》的票之前，我只喜欢音乐，而不喜欢任何有人唱歌的音乐（《第九交响曲》是个例外，在这里我指的是贝多芬，而不是指后来——很久以后，当死亡的念头出现、了解了死亡的念头，甚至我必须在这里说：在不是交朋友的时候而与死亡的念头交朋友之时，我所认识的马勒的《第九交响曲》），仿佛在人的声音里，准确地说，在歌唱的声音里我看见了某种污染物，它对音乐造成不良影响。在听瓦格纳的歌剧之前，我的音乐经历是纯粹的器乐，主要是大乐队演奏的乐曲，而且多半是偶尔听到的。首先是通过那个非常粗鲁的、因某种眼疾而总是满脸怀疑的老人，那个时候，在音乐学院每个学生和学生一类的人都认识他，他为了得到一两个福林[1]就允许所有的学生和学生一类的人进入观众席，他先是粗鲁地命令他们站在墙根，然后在乐队指挥出现在通往指挥台的门口的瞬间，用粗鲁的声音指挥他们坐进空位。今天我已经想不起来我为何、如何、因何动因而喜欢音乐，但事实是，大约那个时候，我还不能把自己叫做新闻记者，我的永远充满困惑的人生也许是最困惑的时候，因为这个人生对我的家庭来说是任人摆布的人生。大约在那个时候，我的家已面临崩溃，后来在灾难时期完全崩溃，家人或者身陷囹圄，或者流亡外国，或者遭遇死亡，或者陷入贫穷，或者在较少的情况下享受福利。对于这个人生，不管那时还是后来，我都必须一直逃避：因此，事实上，在我还是儿童时，我就已经不能忍受这个人生没有音乐，不能忍受我的生命里没有音乐。我相信，是生活让我学会了在不久之后的灾难时期用阅读和音乐来安慰自己。这是那样的人生，它由提供各种不同的、相互关联的、根据喜好互相毁灭的、相互保持平衡的、用经常性言论表达的生活组成。在这里面，仅仅在这里面：从平衡，从小的砝码的平衡角度看，《女武神》的看与听、《女武神》的接纳、《女武神》对我的冲击，在一定程度上毫无疑问意味着危险：它向天平的一个托盘放上

① 福林，匈牙利货币名称。

了太重的砝码。另外，这件事情——理查德·瓦格纳的歌剧《女武神》——对于我，就如同一起路边的暗杀事件，如同一次突然的袭击，而对此我没有做任何意义上的准备。当然啦，我并非知识贫乏到不知道：理查德·瓦格纳自己写了歌剧的剧本，在听歌剧之前阅读剧本是可取的。但是，如同瓦格纳的其他剧本一样，《女武神》的剧本我无法搞到手。在这里面，毫无疑问，我周围的人所引发的悲观情绪，这个悲观情绪所引发的我的惰性，我的惰性对于各种事情总是立即做好放弃的准备，所有这些都发挥了作用。然而，为了真理我必须说，理查德·瓦格纳在灾难时期，就是说碰巧在我开始对理查德·瓦格纳感兴趣的那个时期，其实是被定性为不受欢迎的作曲家的，这样他的歌剧剧本也就不出售，他的歌剧一般情况下也不上演，至于为何现在上演他的歌剧中的《女武神》，而且经常上演，其中的奥妙至今我也没弄懂，也不了解。我记得，一种所谓的节目单在出售，是那种灾难时期的节目单，上面除了其他的歌剧、芭蕾舞、戏剧、木偶剧和电影——灾难性的——介绍之外，也用五六行的文字介绍了《女武神》，我一点儿也没看懂，它可能——尽管我当时没有意识到这一点——在预先编辑的时候，就是为了不让人懂，也不让人听；说实话我也不知道，《女武神》是四部连篇歌剧中的第二部。我就这样坐进了歌剧院的观众席，歌剧院在灾难时期也是非常舒适甚至庄严的地方。于是，我就看到了下面的场景：“……剧场的灯光变暗，狂野的开场音乐响起。暴风雨，暴风雨……暴风雨和闪电。暴风雨在林中肆虐。神的严厉的命令声响起，命令声重复了一遍，但因生气而扭曲，顺从的雷鸣声响起。大幕徐徐拉开，就像是风暴吹开的一样。哦，是一个异教徒的房间，一只闪烁着火光的炉子出现在房间的后面，一棵白蜡树的树干伸向高处的轮廓出现在房间中央。齐格蒙德，一个面色红润长着棕色胡子的男子，出现在木头大门的门口，疲惫不堪地靠在门框上。然后，他迈着痛苦的步伐向前走来，他的脚上裹着兽皮，用皮绳绑着。他的眼睛上方是一缕缕金色的假发和金色的眉毛，他的目光呆滞的眼睛祈求般地盯着乐队指挥；终于，音乐退让了，停歇了下来，可以听见男高音的声音，这个声音清澈而明亮，尽管他在喘息中减弱了……一分钟后，充满整个剧场的音乐时而在歌唱，时而在诉说，时而在讲述，表现剧情的音乐声像洪水一样涌向远方。后来，齐格林德从左侧走出来……在那下面，深沉的大段唱腔响起。两人的目光再次深深地看着对方，乐队里重新响起漫长的、充满欲望的、深沉的旋律……”是的，就是这样的。尽管我自始至终强迫自己的眼睛和耳朵全神贯注，但台词一句也没听懂。我一点儿也不知道齐格蒙德和齐格林德是谁，沃坦和女武神是谁，也不知道是什么在操纵着他们。“快结束了。宏大的远景和崇高的意图展现在眼前。一切都是史诗般的隆重。布仑希尔德睡着了；神从岩石上跨过。”是的，我从歌剧院出来，踏上斯大林路，当时这条路就叫这个名字。我没有尝试——当然，我即使做也是徒劳的——我在这里是该分析所谓的艺术影响还是艺术体验；本质上——尽管不合我的品味，我还是使用一个文学性的比喻——不知何故，我看这部歌剧，就如同看这个作曲家理查德·瓦格纳的另一部歌剧（这部歌剧我当时只是从新闻里才知道的），《特里斯坦与伊索尔德》的主角们喝完迷药后开始走动：毒药深深地进入我的体内，不断地渗透。从此，每次上演《女武神》，只要有可能我就坐入观众席——那时，指的就是歌剧院的观众席。遗憾的是，《女武神》的演出寥寥无几。除此之外，我只有唯一的一个避难所了：卢卡奇游泳池。在这里，在普遍的即公共和个人灾难中，尽管这个临时避难所是那样的脆弱，但有时我还是可以躲避在这里。在这两个地方：在卢卡奇游泳池绿色的泉水中，是纯粹的感官享受；在歌剧院朦胧的红色灯光中，是感官和精神享受，这是完全不同的媒介。在幸运的时刻，对个人生活的——当然是遥不可及的——遐想会时不时浮上心头。假如我提及的此类遐想自身也隐藏着一定的危险，另一方面我必须感觉到它的不可排除性，我可以信赖这种坚固的感觉，如同信赖某种形而上学的快乐：简单地说，在最深重的灾难中，在这一灾难最深处的意识中，我也永远不能那样去生活，好像我没有看到和听到理查德·瓦格纳的歌剧《女武神》，好像理查德·瓦格纳没有写过歌剧《女武神》，好像这个歌剧和这个歌剧的世界在灾难的世界里不是像世界那样存在。这个世界我是喜欢的，另一个世界我必须忍受。我对沃坦感兴趣，对我的主编不感兴趣。我对齐格蒙德和齐格林德的秘密感兴趣，我对真正包围着我的世界的秘密——真正的灾难的世界的秘密——不感兴趣。当时，所有这些，不言而喻，我都不能如此简单地用言辞表达，因为没有也不可能如此简单。我相信，我对于所谓的现实的恐怖做了过分的让步，后来灾难将现实的恐怖展示给了没有出路的现实，这是唯一的不可辩驳的现实的世界；尽管，当然，从我自己来说，我现在也已经——在《女武神》之后，通过《女武神》——确凿无疑地知道了另一个世界的现实，但可以说只能是偷偷地知道，在一定意义上与法律相抵触，所以毫无疑问带着犯罪意识。我相信，我那时还不知道，这个隐秘的犯罪意识其实是关于自我的意识。我不知道，存在总是以隐秘的犯罪意识的形式发出关于自己的信息，灾难的世界其实就是这个隐秘的犯罪意识加剧到自我否定的世界，是唯独奖赏自我否定之美德的、唯独在自我否定中赐福的——不管怎么看——某种意义上的宗教世界。这样，在《女武神》的灾难世界和现实中的灾难世界之间我没有看到任何联系，尽管关于两个世界的现实我都有无可争议的知识。我根本不知道，我怎么样才能跨越这两个世界之间的鸿沟，准确地说是意识的鸿沟。同样我也不知道，我为什么感到跨越这条鸿沟，更准确地说是意识的鸿沟，是我的任务——这在一定程度上是模糊的、一定程度上是痛苦的、一定程度上是充满希望的任务。“……他朝乐队看去。深深的乐池是明亮的，工作一片繁忙：许多手指在琴弦上演奏，可以看见许多拉小提琴的手臂和吹管乐器演奏者的鼓鼓的腮帮子，还有简单而热烈的人们，他们在为一个有巨大痛苦力量的作品服务，这个作品在舞台上呈现为孩子气的、崇高的幻影……作品！这部作品是怎样诞生的？他的胸开始疼痛，他在发烧或者有强烈的欲望，有某种甜蜜的不满足感——针对什么呢？这是那样的模糊，那样可耻的混乱。他感觉到了两个单词：创作……激情。他的太阳穴猛烈地跳动，他强烈地意识到：作品诞生于激情，之后重新焕发激情。他看见过脸色苍白的、疲劳的妇人依偎在逃亡中的男子的怀里，看见他们的痛苦，感觉到：人要搞创作，就需要这样的生活。”我读这些文字时的感觉，就像一个人在生平第一次阅读，就像一个人在生平第一次遇见文字，遇见唯独只写给他、也只有他才能理解的隐秘的文字。同样的事情发生在了我的身上，当我生平第一次看《女武神》的时候。这本书——托马斯·曼的名为《威尔松之血》的书——写的是《女武神》，它的书名立即就暴露了这一点，我是抱着那种希望，即也许我是了解一点《女武神》的开始阅读的，我非常震惊地把书放下，好像我读到了我自己，好像我读到了预言。一切都吻合：《女武神》、逃亡和痛苦——一切。在这里，我必须说，对《女武神》的首次接纳，即《女武神》对我的首次冲击以及这本小书对我的首次冲击之间，只说这么一点就足够了：经历了沧桑岁月。因此，我前面所说的“一切都吻合”应得到进一步的说明，在这一点上我不得不谈及我当时的生活环境，至少是作粗略的介绍，况且对于错综复杂的时间与事件，我也要有个确切的了解，另外我也不想失去这个故事——英国旗的故事——的线索。这本书——《威尔松之血》——是那个时候到我手上的：在一个美丽的夏日的早晨，在我后来的妻子和一位好朋友的帮助下，我们拉着一辆上面装满我们最初的家庭用品的人力四轮车，从以前叫洛尼奥伊、后来叫绍姆埃伊、今天又叫洛尼奥伊的街道出发，穿越了半个城市。事情正是这个时候发生的，因为我和我后来的妻子以前所住的洛尼奥伊即绍姆埃伊街的出租房，已经开始变得无法忍受和无法居住。我和我后来的妻子是前一年的夏末认识的，那时她刚从隔离营出来，在那里她被以通常的理由——即没有任何理由——关了一年。此时，我后来的妻子住在一位从前的女友的厨房里，这位从前的女朋友——暂时——接纳了她，因为这个时候我后来的妻子的房子里住着别人。这个人——一个女人（肖伊莫希妮）——在我后来的妻子被拘留后，在非常令人怀疑的——或者如果赞同的话，在非常习以为常的——情况下占了她的房子，一家机构帮了她的忙，而正是这家机构拘留了我后来的妻子——其实，没有任何可以证实的理由，甚至连借口都没有。据说，与此同时，当她获悉我后来的妻子获得自由后，这个人（肖伊莫希妮）立即通知（在挂号信里）我后来的妻子，她（肖伊莫希妮）在其合法居住的房子里非法储藏着她的家具，请我后来的妻子立即搬到目前的住处（即暂时接纳她的从前的女友的厨房）。后来，幸亏一个漫长的法律诉讼但最主要还是无法预测的形势，这么说吧，我后来的妻子因为运气好而重新得回自己的房子，在遗忘于那里的几件杂物、书籍和其他废物中间，我们找到一沓用回形针夹在一起的纸片，上面写满了女人娟秀的字体。在这里面——比方说——有的标有“一次检举的记录”，有的标有“一次检举的片段”，完全可以作为一份诉讼材料的补充材料，但也可以作为灾难美学的补充材料，摘录其中的几个细节是不会让我感到惭愧的：“有人向委员会和警察局检举我，说我非法搬进了这间房子，说我是偷了她的……她想骚扰恐吓我，让我为她放弃这间房子……根据最终判决，房子给了我，她的家具在我的房子里没有任何位置……家具：3 个大柜子、1 张沙发床、4 把椅子……请放进仓库，我没有义务，现在已经在那里保存了 1½ 年……”这里接下来的是几份看似备忘的材料：“1952 年 10 月 17 日提出需求，10 月 29 日分房，11 月 23 日开门，制作清单，11 月 15 日搬入，11 月 18 日国家安全局，委员会 = 国家安全局，国家安全局 2X= 没有回答，拉克西秘书处……1953 年 9 月 V 夫人。”（即我后来的妻子）“V 夫人早晨……在挂号信中我要求把家具搬走……我自己的家具得保存在一个地下室，因为我保管着她的东西……柜子里塞满了脏衣服，国家安全局贴了封条，不能通风……她说没有房子，借住在别人家。难道柜子里的东西她不需要吗？这位女士表演能力很好，假如需要的话，她会发抖，我已经受够了，我不能继续忍受她的家具摆在我的房子里。”所以，我们眼前的这个灾难的冬天即将来临，它一开始就会在零下 20—25 度，我们必须在各种临时的房子里度过，这样的房子有已提到的从前的女友的厨房、远方亲戚临时借给的小房间、一间非常不漂亮的出租房，走廊上冰冷的厕所使这间出租房尤其让人记忆深刻，如此等等，直到从前的耍蛇人贝西在洛尼奥伊即绍姆埃伊街的出租房奇迹般的从天而降，显而易见，这的确是个非常临时性的住房。这个奇迹如何、为什么发生，今天已经完全无关紧要了，尽管这个故事——英国旗的故事——不能缺少这个天上奇迹在地上的传递者，他是一位绅士，在纳吉迈泽街的咖啡吧和娱乐场所一带，人们叫他福劳戈·邦迪叔叔，他两鬓如霜，与当时的年代（灾难年代）和时机（灾难）相比，他的穿着有点儿显眼，他头戴绿色的贵族狩猎帽，身穿短毛皮衣和英国式运动装，在苍白的冬天他那被太阳晒成棕色的脸也是永远容光焕发，此外——据说——职业骗子和婚姻诈骗者是他从事的唯一职业，这在几十年后也获得证实，当时完全是出于消遣，我买来一份日报（因为我对所谓的新闻并非真的感兴趣），当读到他在一座著名的普通监狱死亡的消息时，我真的非常震惊。据说，即使是在他被释放的日子里，那座监狱里也有一间固定的小牢房、他的拖鞋和他的浴衣在等着他。纳吉迈泽街一带的咖啡吧由国家经营，虽说衰败不堪，但至少国家把暖气烧得还很热，而且一直营业至深夜。这些咖啡吧便宜，放着音乐，嘈杂，有过堂风，昏暗，肮脏。这些咖啡吧变成了被排斥者们白天和晚上的非法避难所，在其中的一家，我和我后来的妻子可以说曾经临时居住过，以替代临时性的住房。一个下午，他在这里突然来到我们的桌子旁边，他真的没有经过任何预先的和直接的认识，就说："我听说，孩子，你们在找出租房？"我冷漠地表示承认，并预先就排除了任何希望。"但你们为什么不告诉我呢，亲爱的孩子？"他的问题带着明显的、非常不理解的、深深的指责，致使我在羞愧中无言以对。后来，我们拿着他给的地址去了绍姆埃伊街，在那里一位——克鲁迪·久洛[①]也许会如此描述——贵妇人身材、年纪已经比较大的女士把门打开，她的黄色卷发从绿头巾下面伸出来，厚厚的粉使她的面部表情有一点儿僵硬，新奇的丝绸裤子上点缀满了神奇的星星和几何图案。她不满足于我们口头上的说明，也不让我们迈进客厅一步，直到亲眼看见福劳戈·邦迪叔叔亲笔写的纸片以及福劳戈·邦迪叔叔的亲笔签名；这位女士把我们即我后来的妻子和我领进出租的房间，这是一间宽敞的、有飘窗的拐角房，主要的家具有：一张尺寸过大的至少够四人用的沙发床，放在它对面的一面镜子，一盏贴满过时的钞票——也有还不算太旧的所谓面值百万和十亿的潘戈[②]、光线神秘的伞形落地灯。关于这个房间的最初用途，我和我后来的妻子没有哪怕一个瞬间的怀疑。看起来最有可能的是（同时也是奇迹的开端），在这个时

① 克鲁迪·久洛（Krúdy Gyula，1878—1933），匈牙利著名作家。

② 潘戈（Pengő），匈牙利旧币，1927年1月1日至1946年7月31日流通。

候，在这个检举的年代，按照最初意图使用这个房间——谁知道呢，也许现在并非因为一件未处理的检举案——突然变得不那么适宜，简单地说就是如此。到春天的时候，情况有可能发生改变；冬天，我们还可以窥视女主人的过去；我们可以看到她年轻时在奥拉尼、阿尔及尔或丹吉尔的娱乐场所，戴着插有鸵鸟毛的丝绸头巾，带斑点的蟒蛇缠绕在她裸露的腰上，这在这里，在洛尼奥伊即绍姆埃伊街的灾难出租房里，显得非常的不可思议。我们可以用手拿起并且可以礼节性地赞叹那些数不清的纪念品，它们也显得与这个地方格格不入；后来，这个要蛇的女人变得忧郁起来，从她始终如一的情绪里明显能看出来，她已经超越对人随着时间的推移而自然产生的敌对情感，引导她的并非先验仇恨的没有方向的目标，而是非常触手可及的实际的目的：她想重新拥有自己的房间，因为她有别的可能会靠它获得更大收入的计划。我努力尽快略过这些细节；这些细节只能本着这个精神——言辞表达的精神讲述，当然它一点儿也不等同于这些细节真正的精神，即我是如何经历和度过这个现实的；这很清楚地显示了横亘在言辞表达与生存之间的铁幕、横亘在讲述者与听众之间的铁幕、横亘在人与人之间的铁幕，最后还有横亘在人与自我、横亘在人与自己的人生之间的无法跨越的铁幕。所有这些是我在读到这段文字的时候才意识到的：

“……他看见他们的痛苦，感觉到：人要搞创作，就需要这样的生活。”这段文字同时唤醒了我去关注我的人生，比照着这段文字，我瞥了一眼我的人生，这段文字——我的感觉是——改变了我的人生。这本书将我言辞表达上的疑惑从我的人生的表层瞬间一扫而光，从而让我一下子面对面看清了这个人生，其严肃性新鲜、震惊而又大胆。这本书是我在新的即重新拥有的房子里遗忘的杂物、上面提到的举报纸片，以及几本读得破旧不堪的低俗、讲述先进工人、游击队员和老式的爱情小说中间找到的，这完全不是它应该出现的地方，是完全不可能发生的、唯独针对我的奇迹——即使在今天我也坚信这一点。这本书——我感觉到——是我的人生激进化的开端，我的生活方式和它的言辞表达永远不会再对立起来。这个时候我已经早就不是新闻记者，也已经不是工厂的工人；这个时候我投身到了看似无边无际的、也相信是无边无际的、也想让它成为无边无际的研究工作之中，期间归因于我的天生性器官疾病，我在几个临时性的岗位上缺勤甚至好几个月，但我没有卷入任何的危险，而我的生活方式肯定符合所谓的“有公共危险的逃避劳动”罪。所有这一切在这个时候占据了我的心，我受到了鼓舞，心里有了使命感。我相信，我就是在那个时候了解阅读体验的，这与任何东西、与一般被认为和被称为阅读的体验、与心血来潮式的阅读、与一生中至多可能会有一两次的狂热阅读相比，几乎没有任何相似之处。大约在这个时候，《威尔松之血》的作者的书也出版了，这是一本学术论文集，里面有关于歌德和托尔斯泰的研究论文，仅仅是各章节的标题如“等级问题”“疾病”“自由与贵族”“贵族的魅力”等就已经让我大开眼界。我记得，当时我在任何时间和任何地方都在读这本书，我在任何时间和任何地点都把歌德和托尔斯泰的论文夹在腋下，带着它坐有轨电车，去商店，在街上闲逛——在一个特别美丽的晚秋的下午，我就这样动身出发去意大利文化学院，在那里我如饥似渴地学习意大利语。在穿越城市的时候我留意到，甚至在各处，我至少作为一名惊讶的观众，参与了这个后来变得难以忘记的日子的令人陶醉的事件，关于这一天我几乎没有猜测到或者说谁也没有猜测到，它日后会成为一种难以忘记的日子。我记得，当我从博物馆弯路拐入平时冷冷清清的布罗迪·山多尔街，匆匆向附近的意大利文化学院的宫殿（从前的匈牙利国会大厦）走去的时候，我有一点儿吃惊。但是，课已经按时开始了。不一会儿，街上的喧嚣声穿过关闭的窗户传入教室。主任西诺拉·佩尔塞利衣着讲究，唇髭乌黑，他很少出现在课堂上，至多是一个个发音明显笨拙的单词 molto 能让他激动起来，他会展示什么是地道的意大利式发音，他收紧口形发单词前面的那个 o，把后面那个 o 发成短音，它们中间的辅音则用缩在后面的舌头发音，这样就几乎是发成了 malto。现在，他急匆匆冲进教室，和我们的老师说了几句外交上感到焦虑的话，然后就跑向其他的教室。一分钟后，每个人都站在了窗户旁边。在慢慢降临的夜幕中我看得很清楚，绿色信号弹从左前方广播电台大楼里射出，从黑压压的、波浪般的、愤怒的人群头顶上飞过。就在这个瞬间，从对面的方向即博物馆弯路方向，有三辆敞篷卡车拐进街道，我从这上面很清楚地看见佩戴着绿色边防军标志的士兵坐在卡车的长凳上，紧握的步枪放在两膝之间。在第一辆车的车厢上站着一位中尉，他靠在驾驶室上，显然他是他们的指挥官。人群突然安静了下来，让开道，然后喧哗声响起。人们开始从下面向士兵喊话，这些话只有在这个时刻，在这个悲怆的庄严时刻，才能用真正的悲怆感动人。在这个地方，回忆这些显然令人悲伤的话是完全多余的。在稠密的人群中，汽车放慢速度，然后停了下来。中尉的身子向后转去，他把手挥向空中。在人群的欢呼声中，最后面的一辆车现在开始从街里向外倒车，另外两辆车也紧随其后。在这个时刻，我们这些客人被命令在下面，在长长的新文艺复兴式的拱门下面集合，从置身于这一切之外的意大利外交官的角度看，这肯定是不愉快的，但谁知道他这么做是想表达什么样的情感或意图。重重的两扇门从里面插着铁闩。我们就拥挤在这里，处于从外面传进来的声音和在我们身后随时待命的内部保安人员之间，直到学院身材宽大的守门人显然得到某种指示，旋转铁闩，迅速将大门打开，在我们身后某些人强大的压力之下，我们所有的人——六十至八十人——一眨眼的工夫就全站在了黄昏的街道上。在房屋之间，我们陷入各种撞击声、人潮涌动、不可遏制的情绪和看不透的事件的漩涡之中。在接下来的日子里，我的注意力游离于歌德和托尔斯泰的研究论文与外面暴风雨般的事件之间，说得准确一点，神秘的无以言表的承诺隐藏在歌德和托尔斯泰研究论文以及对其逐渐的理解和接受之中，在我的心里它与隐藏在外面的事件中同样无以言表的、同样不确定的但同时范围更广泛的承诺，奇怪而又完全明显地连接在了一起。我不能说这些发生在外边的事情减少了我对歌德和托尔斯泰研究论文的兴趣，相反，它们提高了我的兴趣；另一方面，我也不能说，在我完全沉浸在歌德和托尔斯泰研究论文的世界之中以及这个体验对心灵和精神的震动之中时，我在漫不经心地注视着大街上发生的事情：不，一点儿也不符合实际情况，不管听起来是多么的奇怪，我必须说，大街上发生的事情证明我对歌德和托尔斯泰研究论文倾注的高度关注是正确的，这些日子在大街上发生的事情同时赋予我对歌德和托尔斯泰研究论文倾注的高度关注以真正的和不可否认的意义。天气变得如同秋天，接下来的是几天比较平静的日子，那下面的街道上发生了多么大的变化啊：折断的电线像蛇一样蜿蜒在有轨电车的轨道之间；弹痕累累的商店招牌在飘摇之中；到处是被毁坏的窗户；墙皮脱落的房子上有新鲜的窟窿；长长的街道的人行道上人流如织，一直延伸到远处的拐弯处；路面上是空的；一辆辆罕见的、急速行驶的车辆，小轿车或卡车，上面有明显的甚至是尽可能鲜艳的识别标志。当然，这些我主要是通过窗户看见的。一辆飞奔的吉普车形状的汽车突然出现了，一面蓝白红三色的英国旗完全覆盖了它的车头。在街道两侧人行道上黑压压的人群之间，它急速向前行驶，人们开始鼓掌，起先是零星的掌声，后来掌声越来越密集，这显然是他们情感的表示。这辆汽车从我面前驶过，现在我只能从后面看着它，在这个瞬间，掌声热烈且显得厚重，一只手从左侧车窗里犹犹豫豫地、起先几乎是不情愿地伸出来。这只手上戴着浅颜色的手套，尽管不是近距离观察，但我假设它是鹿皮手套；也许是对掌声的回应，这只手谨慎地挥动了几下，动作与汽车行驶的方向一致。这是挥手致意，是友善的、问候性的、也许还有点儿同情的动作，无论如何它包含着毫无保留的赞同，此外还有坚定的意识，这只戴手套的手不久将触摸到从飞机通往水泥地的舷梯的护栏，返回遥远的岛国。此后，汽车、手和英国旗，所有的一切都消失在拐弯处，掌声也慢慢平息下来。

好啦，这就是英国旗的故事。“约翰尼对于有获胜前景的搏斗感到无限高兴，不管是他还是巴特斯特罗姆，都没有感受到那份让我无法忍受的焦虑。”这是我在这个很快到来的严冬读到的。在这个严冬，我的已经提到的以阅读狂热的形式出现的疾病，或者我的以已经提到的疾病的形式出现的阅读狂热，不久就会重新爆发。“约翰尼再次以他迷人的外国卷舌音宣布，他们两个男孩将进行完全严肃的搏斗，就像男人那样；然后，他用欢快但又有点儿嘲讽的客观语气权衡着获胜的机会……关于英国民族性格的独特优势，我的第一印象就是从他那里获得的。后来，我还学会了欣赏它。”我读道。

尽管也许我不必说，但属于这个故事的自然还有：在同一个拐弯处，几天后出现了坦克的身影，英国旗就是在那里消失的，而坦克只不过是从相反的方向开来而已。在匆忙、紧张和害怕之中，坦克几乎动摇，在拐弯的地方它们总是突然停顿片刻，尽管路面、人行道、城区、城市都已经没有人影，哪里也没有一个人，哪里也没有一点声音，哪里也没有一个灵魂，似乎是为了赶在人的思想萌芽之前，这些坦克在继续轰鸣前行之前，总是要开上一炮，严格意义上说只开唯一的一炮。因为射击位置、方向和弹道总是一样的，这样在好几天的时间里，坦克总是向那栋直线派风格的老公寓楼二层的窗户、房子的墙壁以及房间的墙壁乱射，以致这个裂开的大洞最后看起来就像一个死人在临终惊愕中张开的嘴，现在就连他的牙齿也被一颗一颗地敲掉了。

英国旗的故事在这里就结束了，这是一个悲伤但也许不太重要的故事。我从来没有想起来讲述它，假如这帮前来参加我的整数生日（没什么可否认的）庆祝会的朋友们（我从前的学生们）不是趁我妻子在外面厨房为他们准备冷盘和饮料之机说服我，我是不会讲的。他们说，他们这些"年轻人"已经没有所谓的"原始体验"……他们只熟悉并且只听英雄故事和恐怖故事，也许还有恐怖的英雄故事和英雄的恐怖故事……生日是美好的事情，但考虑到我血压不稳定，我的脉搏"革命性"地每分钟最多跳四十八次，对我来说变成领跑者迟早是不可避免的……说得清楚点儿就是，万一我也会把我的故事、我的经历和我整个的人生体验带入坟墓，尽管几乎已经没有了可信的目击者和可以讲述的故事，而留在这里的他们——按他们的说法，就是"一代人"——拥有着丰富的、客观的，但完全无生命的、常规的知识，等等。我试图安慰他们，说这没有任何错，除了奇闻异事，任何故事和任何人的故事本质上都是一样的故事，这些本质上一样的故事其实在本质上都是恐怖故事，任何事情本质上都是恐怖的事情，就连历史在本质上也早已经至多